KB105070

숨겨진 그리스 로마 신화

숨겨진 그리스 로마 신화

초판 1쇄 발행 │ 2020년 2월 5일

지은이 │ 프란시스 베이컨
해   설 │ 김대웅
옮긴이 │ 임경민
펴낸이 │ 김형호
펴낸곳 │ 아름다운날
편집 주간 │ 조종순
본문 디자인 │ 표현디자인
표지 디자인 │ 이즈디자인

출판 등록 │ 1999년 11월 22일
주소 │ (04031) 서울시 마포구 서교동 351-10 동보빌딩 202호
전화 │ 02) 3142-8420
팩스 │ 02) 3143-4154
E-메일 │ arumbook@hanmail.net

ISBN 979-11-86809-86-0 (03840)

숨겨진
그리스 로마
신 화

프란시스 베이컨 지음
김대웅 해설·임경민 옮김

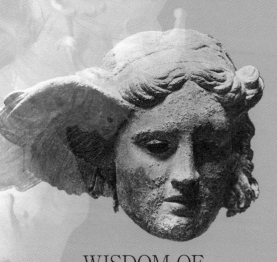

WISDOM OF
THE ANCIENTS
by Francis Bacon

아름다운날

차례

WISDOM OF THE ANCIENTS
by Francis Bacon

얼마 전 그리스·로마 신화를 윤색한 만화가 아이들과 심지어 성인들 사이에서도 선풍적인 인기를 끈 적이 있다. 어떤 식으로든 그리스·로마 신화가 사람들에게 관심을 받는 현상은 반가운 일이다. 하지만 그리스·로마 신화가 이 시대에 던지는 시사점들을 생각하면 우려스러운 바도 없지 않다. 그리스·로마 신화는 사실 현란한 그림과 대사만으로 거기에 담긴 의미를 충분히 전달하기 힘든 무언가를 담고 있기 때문이다. 문학에 뜻을 두고 있는 사람들에게 그리스·로마 신화가 필독서라는 말을 증명이라도 하듯 수많은 고대의 신과 인물들이 문학적 수사에 빈번히 등장한다. 철학자들은 신화를 통해 인간의 본성을 사색한다. 역사가들은 신화에 담긴 역사적 사실들을 탐구하고, 신학자들은 이 신화를 통해 종교의 본질을 성찰한다.

하지만 그리스·로마 신화는 일부 학자들의 전유물은 아니다. 이 신화에는 일반인들이 가슴깊이 새겨 삶의 자양분으로 삼을 만한 지혜가 담겨 있다. 재미로 읽는 신화도 물론 중요하다. 하지만 신화의 스토리 그 자체에 지나치게 얽매이면 우리는 거기에 담긴 '고대인들의 지혜'를 놓칠지도 모른다.

베이컨이 1609년에 라틴어로 쓴 이 책(원제는 『고대인의 지혜』De Sapientia Veterum이다.)은 그런 의미에서 너무도 귀한 책이다. 근대 경험론의 선구자로 널리 알려진 철학자가 그리스·로마 신화에 직접 해설을 달았다는 것은 그냥 지나칠 수 없는 많은 의미를 담고 있다. 베이컨은 골치 아픈 철학적 사색에서 잠시 벗어나 마치 휴식이라도 취하듯 이 책을 집필했다고 한다. 하지만 이 책에 사실상 그의 철학적 경향성을 고스란히 담고 있을 뿐 아니라 신화를 매우 현실적인 관점에서 바라보고 있다.

베이컨이 신화를 비유로 보는 것은 거기에 숨겨진 교훈과 풍자가 담겨 있다고 여겼기 때문이다. 심지어 신화가 엉뚱하고 비현실적인 내용을 담고 있을수록 그 신화는 무언가를 풍자하고 시사하고 있을 가능성이 크다고 보았다. 그는 서문에서 이렇게 밝히고 있다.

"예를 들어 메티스를 아내로 맞아들인 유피테르(제우스)는 그녀가 임신한 사실을 알자마자 그녀를 먹어치워 자신이 아이를 밴 다음 머리를 통해 무장한 팔라스(아테나)를 출산한다. 이 얼마나 말도 안 되는 허구인가! 이 이야기가 말하고 있는 어떤 교훈이 아니라면 분명 그 어떤 사람도 그 같이 인간의 상상을 철저히 뛰어넘는 허무맹랑한 꿈을 창작해낼 수 없을 것이다."

그러고는 제 30장 '메티스' 편에서 그는 이를 다음과 같이 해석한다.

"말 그대로 참으로 터무니없어 보이는 이 신화는 일종의 국가 기밀을 담고 있는 듯하다. 왕들이 자신의 권위와 위엄을 침범할 수 없도록 보호하고 나아가 백성들 사이에 그 권위와 위엄을 과시하고 드높이기 위해 통상 자신의 상담역들에게 어떤 술책을 동원해 처신하는지 신화는 보여준다."

하지만 그는 해몽가들의 상상놀이를 배격한다. 스토아 철학자들을 비롯한 많은 철학자들이 그래왔듯이 자신의 철학적 견해를 억지춘향이 식으로 신화에 가져다 붙이는 행태를 거부한다. "이러한 해석 과정들이 도가 지나쳐 거기에 해석자 자신의 생각과 허구가 스며듦으로써 고대인들의 신화는 처참히 왜곡되고 능욕당해 왔다."고 보기 때문이다. 그런 그가 이런 해석을 한다. 몸이 잽싼 아탈란타와 히포메네스 사이에 벌어지는 달리기 경주에서 히포메네스가 황금사과를 이용해 승리하는 대목이다. 그리고 그러한 해석은 관념에 머물지 않고 현실에 뿌리를 박고 있기 때문에 정당하다.

"이 신화는 기술과 자연 간의 다툼에 대한 품격 있는 비유를 담고 있다. 여기에서 아탈란타로 상징되는 기술은 자연보다 그 움직임에서 잽싸고 신속하다. …그러나 기술이 가진 이런 특이한 단발성 효험도 황금 사과가 돌연 등장하면서 인간의 삶에 막대한 손상을 입힐 정도로 멈추거나 지체된다. 삶의 목적지에 이르는 참되고 적절한 과정을 한결같이 견뎌내는 과학이나 기술이란 존재하지 않기 때문이다. 과학과 기술은 목적지를 향해 가다 잠시 멈춘 뒤 경로를 벗어나 이익과 편의에 정신을 파는 일을 끊임없이 반복하는 아탈란타의 행동과 너무도 흡사하다. 따라서 기술이 자연에 승리를 거두지 못하는 것도 하등 이상한 일이 아니다."

그가 방대한 그리스·로마 신화에서 특별히 선별한 서른한 개의 신화 중에는 누구나 쉽사리 그 의미를 깨달을 수 있는 신화들은 제외되어 있다. 물론 세이렌의 신화처럼 우리가 거기에서 쾌락의 유혹이라는 교훈을 어렵지 않게 유추해낼 수 있는 그런 신화도 소개되어 있지만, 그 경우에도 베이컨은 쾌락의 유혹에서 벗어나는 해법을 신화 속에서 끄집어내 우리에게 보여준다. 이에 비추어 볼 때, 베이컨이 이 책을 쓰면서 가장 신경을 쓴 것은 역시 독자라는 인상을 지울 수 없다. 독자들에게 꼭 필요한 내용만을 압축적으로 담겠다는 의지가 엿보인다는 것이다. 따라서 이 책을 주옥과 같다고 표현해도 지나치지 않다. 권력자들의 통치술, 인간의 처세술, 전쟁, 인간 본성과 조건, 사물의 본질, 자연과 기술의 조화 등 오늘날을 사는 우리들이 꼭 새겨둬야 할 내용들로 가득 차 있는 까닭이다.

아주 먼 옛날, 문자도 어설펐던 시기에 고대인들이 이렇듯 비유와 풍자와 압축을 통해 오늘날의 우리에게까지 결코 범상치 않은 지혜를 전하고 있다는 것은 자못 감동적이기까지 하다. 그런 책이 이제야 한국 독자들에게 소개되는 것은 아무래도 베이컨이 갖는 철학자로서의 명성이 너무 컸던 탓으로 보인다.

책에는 여러 주석과 팁을 달았다. 애초에 이 책을 기획하고 자료를 수집하고 복잡한 신화의 얼개를 정리해주신 김대웅 선배님에게 깊은 감사를 표한다. 그리스 신화와 로마 신화의 여러 인물의 호칭과 탄생 배경 등을 정리하거나 통일해내는 일은 그리 만만치 않았을 것이다. 그리고 옮긴이 주는 모두 본문의 괄호 안에 집어넣었으며, 영역판 주는 후주로 처리되어 있음을 알려둔다.

끝으로 이 원고를 훌륭한 단행본으로 탈바꿈해준 〈아름다운날 출판사〉 편집부와 교정을 봐주신 지연희 님에게 심심한 감사를 표한다. 그런데 본문의 해설과 저자의 신화 설명이 조금 다른 부분들도 있다. 그리스·로마 신화의 인물들의 호칭과 탄생 배경이 자료마다 조금씩 달라 정리하거나 통일해내는 일이 그리 만만치 않기 때문이다. 이 책의 번역 텍스트는 WISDOM OF THE ANCIENTS by Francis Bacon(Copyright, 1884, By Little, Brown, and Company)이다.

2019년 11월 임경민

머리글

고대 초기와 관련된 이야기들은 성서 속에 남아 내려온 기록들을 제외하고는 침묵과 망각 속에 묻혀 있다. 이러한 침묵은 우화시에서도 그대로 계승되었고 마침내 오늘날 우리가 즐기는 작품들 속에서도 계속되고 있다. 따라서 고대인들의 감춰진 비밀스런 지식은 상실된 것과 남아 있는 것 사이에 가로놓인 우화라는 담장에 가로막혀 이후 세대의 역사나 지식과 분리되고 만다.[01)]

사람들은 내가 우화시들을 해석하면서 시의 자유로운 공간을 활용해 재미있는 상상놀이를 할 것이라고 넘겨짚을지 모른다. 대체로 우화들이 귀에 걸면 귀걸이 코에 걸면 코걸이 식의 내용으로 구성되어 있는 것은 사실이다. 그래서 재치와 천재적 독창성을 지닌 사람을 만나면 이들 우화들이 매우 다양하게 해석되어 거기에 전혀 포함되어 있지 않은 그럴듯한 의미들이 담길 여지가 있다. 하지만 이러한 해석 과정들이 도가 지나치면 거기에 해석자 자신의 생각과 허구가 스며들기 때문에 고대인들의 신화는 처참히 왜곡되고 능욕당하기 일쑤였다.

이러한 상황은 어제 오늘의 일도 희귀한 일도 아니다. 아주 오랜 옛 날부터 심지어 오늘날에 이르기까지 흔히 볼 수 있는 현상이다. 따라 서 크리시포스는 마치 해몽가이기나 한 듯 스토아학파의 의견을 옛 시 인들의 견해인 것처럼 둘러댔다. 또한 오늘날의 화학자들은 한층 더 유치한 방식으로 자신들의 용광로 실험에 시적 변형을 적용했다. 물 론 나는 이 모든 것들을 가늠하고 고려했을 뿐 아니라 경박한 풍자와 비유의 위험성을 철저히 간파했다. 그럼에도 불구하고 고대 신화에 담 긴 높은 가치를 여전히 인정하지 않을 수 없다. 풍자와 우화 전반의 명 예를 실추시키는 소수의 경망과 방종을 묵인하는 것은 분명히 부적절 하다. 하지만 종교가 그러한 암시나 위장을 즐긴다는 사실을 감안하 면 그러한 것들을 없애는 일은 신성한 것들과 인간적인 것들 사이의 모든 교감을 금지하는 일이기도 하기 때문에 경솔하고 심지어 신성모 독적일 수도 있다.

심사숙고 끝에 내가 내린 결론에 따르면, 숨겨진 교훈과 풍자는 많 은 고대의 우화 속에 애당초 의도되어 있었다는 것이다. 이러한 견해 가 어떤 측면에서는 고대에 대한 내 존중심에서 비롯된 것인지도 모른 다. 하지만 그보다는 몇몇 우화들이, 거기에 등장하는 인물들에게 붙 여진 이름의 적절성뿐 아니라 우화의 구성 면에서도 스스로 의미하는 것들과 아주 긴밀하고도 명백히 연관되어 있음을 보여준다는 인식에서 기인하는 바가 더 크다. 사실 그런 우화들 속에 처음부터 의도적으로 담아놓았거나 일부러 어렴풋하게 숨겨놓은 관념이나 의미를 그 누구도 적극적으로 나서 부인하기는 힘들다.

거인들이 전쟁에서 패배해 죽은 뒤 그들의 여동생 파메(Fame, 그리스 신화에서 소문의 신. 평판, 소문이란 뜻의 영어 fame은 여기에서 유래했다)가 뜬금없이 태어나는 이야기를 들은 사람이라면 반란 진압 이후에 한동안 세상에 온갖 파벌과 선동적인 소문들이 난무했던 상황을 떠올리지 않을까? 거인 튀폰이 유피테르의 힘줄을 잘라 갈무리하는 상황, 이후 메르쿠리우스가 그 힘줄을 훔쳐 유피테르의 힘을 복원시키는 이야기를 읽는 독자라면 이 비유가 강력하고 격렬한 반란이 일어나서 왕에게서 그의 힘줄이라 할 수 있는 부와 권력을 탈취한 상황이라는 것, 또 이후 왕은 자비와 온화함과 신중한 포고를 통해 이내 신하들과의 관계를 복원하는, 말하자면 신하들의 애정을 야금야금 다시 훔쳐오는 상황이라는 것을 어찌 모를 것인가? 또한 실레노스(Silenus, 디오니소스의 양육자이자 스승으로 흔히 술에 취해 당나귀를 타고 다니는 모습으로 등장한다)의 당나귀가 시끄럽게 울어대는 소리에 거인들이 도망치자 그들을 뒤쫓아 신들이 원정을 떠나는 인상적인 장면을 접한 사람이라면 이 이야기가 신하들의 가공할 반란 모의를 의미하고 이러한 반란은 실체 없는 공포와 공허한 소문 때문에 무산되고 마는 경우가 허다하다는 사실을 명백히 떠올릴 것 아닌가?

등장인물들에 부합하는 이름의 의미는 뚜렷하고 자명한 경우가 많다. 유피테르의 첫 번째 아내 메티스(Metis)는 명백히 어떤 '조언'을 의미한다. 또한 튀폰(Typhon)은 '증폭'을, 판(Pan)은 '보편성'을, 네메시스(Nemesis)는 '응징'을 뜻한다. 때때로 역사의 이런 저런 장면들이 하나의 장식품처럼 소개된다고 해서 혹은 특정 행위가 일어난 시대를 혼동한다고 해서, 아니면 어떤 신화의 특정 부분이 다른 신화로 연결되어 있다 해서, 혹은 새로운 비유가 등장한다고 해서 그리 놀랄 일이 아니다. 이 모든 것들은 필연적으로 발생할 수밖에 없다. 신화들이 서로 다른 시대를 산 서로 다른 시각을 가진 사람들에 의해 창작된 것이기 때문이다. 어떤 신화는 고대의 창작물인 반면에 어떤 것은 보다 근래의 창작물이고, 어떤 신화는 자연철학에 시선이 꽂힌 반면에 어떤 것은 도덕이나 시민적 지혜에 눈을 돌리고 있기 때문이다.

이들 신화들 중에 그 내용이 무척 터무니없고 엉뚱한 경우도 매우 모호하나마 어떤 비유를 통해 거기에 감춰진 내밀한 의미를 암시할 수 있다. 현실에서 있음직한 내용을 담고 있는 신화는 재미를 위해 창작되거나 역사를 모방한 것으로 추정된다. 하지만 어떤 식으로도 현실과 결부시킬 수 없고 상상 자체가 불가능한 신화들은 분명 다른 용도를 갖고 있을 수밖에 없다. 예를 들어 메티스를 아내로 맞아들인 유피테르는 그녀가 임신한 사실을 알자마자 그녀를 먹어치워 자신이 아이를 밴 다음 머리를 통해 무장한 팔라스 아테나를 출산한다. 이 얼마나 말도 안 되는 허구인가! 이 이야기가 말하고 있는 어떤 교훈이 아니라면 분명 그 어떤 사람도 그 같이 인간의 상상을 철저히 뛰어넘는 허무맹랑한 꿈을 창작해낼 수 없을 것이다.

하지만 내게 가장 큰 무게로 다가오는 주장은 이들 신화의 상당수가 아무래도 그 이야기를 들려주고 폭로하는 사람들에 의해 창작된 듯 보이지 않는다는 것이다. 그 사람이 호메로스든 헤시오도스든 그 누구든 마찬가지다. 나는 그 신화들이 후세 사람, 우리에게 그 이야기를 옮긴 저자들로부터 처음 흘러나온 것이라고 단언할 자신이 없다. 한 사람의 작가로부터 그렇듯 위대하고 고결한 작품이 탄생했다고 믿기 어렵기 때문이다. 이 문제를 신중히 따져본 사람이라면 누구나 우리에게 진술되어 전달된 이들 신화가 그들 작가들에 의해 처음 창작되어 세상에 나온 것이 아니라 그 이전 시대에 이미 받아들여져 수용된 이야기라는 사실을 깨닫게 될 것이다. 더욱이 그 신화들이 기의 동시대의 작가들에 의해 다르게 진술되고 있다는 사실에 이르면 그 진술자들이 고대 전통의 한 창고에서 이 이야기들을 끌어다가 자기들 입맛에 맞게 윤색했다는 점이 더욱 설득력을 얻는다. 바로 이 점 때문에 나는 이 신화들을 높이 평가한다.

나는 이 신화들을 당대의 산물이나 시인들의 창작물이 아니라 좀 더 오래된 고대국가들의 전통으로부터 마침내 그리스인들의 플루트와 트럼펫 선율에 실리게 된, 한 시대의 성스런 유물이자 부드러운 속삭임이요 숨결이라고 생각한다. 그럼에도 불구하고 누군가가 비유들이 고대 신화에 고유하고 그 안에 실제로 포함된 것이 아니라, 외부에서 들어왔으며, 누군가가 가져다 붙인 것이라고 주장한다면 우리로서는 그를 자기 좋을 대로 판단하도록 내버려두고(그런 판단은 다소 우둔하고 무기력한 것이라 여길 수밖에 없지만) 또 다른 쟁점으로 논의를 옮겨갈 수밖에 없다.

사람들은 우화를 활용해서 서로 다르고 상반된 두 가지 목표를 이루려고 해왔다. 우화들이 무언가를 감싸거나 덮으려는 용도로 활용될 수 있을 뿐 아니라 무언가 가르치고 묘사하는 데 활용될 수도 있기 때문이다. 따라서 당장은 우화의 감춰진 용도를 제쳐둔 채 고대의 신화들이 재미를 위해 형성된 뭔가 모호하고 분명치 않은 것이라고 가정하지만, 그럼에도 불구하고 그 다른 용도는 여전히 남아 있고 결코 포기될수 없다. 모름지기 사람들은 어떤 배움의 길에서든 이런 방식의 기르침이 중차대하며 냉철하고 지극히 유용할 뿐 아니라 학문에 필수적이기까지 하다는 사실을 기꺼이 인정해야 한다. 이러한 학습 방식은 인간이 통속적인 견해로부터 벗어나 난해하고도 새로운 무언가를 발견해나가는 과정에서 인간의 이해를 돕는 손쉽고도 익숙한 길을 열어준다.

지금은 진부하고 평범한 발명이나 인간 이성의 결론들이 새롭고 일반에 거의 알려지지 않았던 그런 시절에는 모든 것들이 신화와 우화, 직유와 비유, 인유(引喩)로 가득 차 있었다. 그것들은 무언가를 감추기 위한 것이 아니라, 인간 정신이 뭔가 성찰이 요구되는 미묘한 문제에 미개하고 미숙했을 뿐더러 감각을 통해 즉각 받아들일 수 없는 것들을 차분히 수용하지 못하거나, 어떤 의미에서는 수용할 능력 자체가 없던 시절에 무언가를 알려주고 가르치기 위한 장치였다. 인간의 글쓰기가 시작되기 이전에 그림문자가 사용되었던 것처럼, 인간이 아직 깊은 사고에 바탕한 논쟁을 할 수 없던 시절에는 우화들이 사용되었다. 심지어 오늘날에도 누군가 다툼이나 적대감, 반감, 혹은 혼란을 일으키지 않으면서 인간의 이해력에 새로운 빛을 비추고 편견을 극복하고자 한다면 여전히 같은 길을 걸어야만 한다. 요컨대 풍자와 비유와 암시라는 비슷한 방식에 의지해야만 하는 것이다.

결론적으로 고대 초기의 지식은 위대하거나 행복하거나 둘 중 하나다. 그들이 의도적으로 이렇듯 비유와 상징을 활용했다면 그 지식은 위대하다. 그들이 그렇듯 고결한 사색에 소재와 기회를 제공했다면 그 지식은 행복하다. 둘 중 어느 쪽이든, 그리고 우리가 옛 이야기를 설명하든 아니면 고대의 상황 그 자체를 설명하든 우리의 수고는 헛된 것이 아닐지도 모른다.

실제로 이와 비슷한 시도가 없었던 것은 아니다. 하지만 솔직히 말하자면 그들의 방대한 노력은 그들의 작업 대상에 담긴 활력과 효능과 품격을 거의 파괴해버렸다. 그들은 참으로 미숙하고 진부하기 짝이 없는 지식을 바탕으로 우화에 담긴 참된 의미와 그에 대한 심도 있는 설명에 이르지 못한 채 우화의 골자를 어떤 잡다하고 저속한 문제들에 적용해 왔다. 따라서 내 이 작업이 이들 진부한 시도들 가운데서 뭔가 신선한 시도로 받아들여질 것이라 기대한다. 누구나 다 알 만한 단순한 내용들은 건너뛰고 무언가 심오하거나 풍부한 내용을 담고 있을 만한 것들에 오로지 관심을 집중할 것이기 때문이다.

1609년, 프란시스 베이컨

고대인의 지혜[02]

The right Honᵇˡᵉ Francis Lo: Veru:
lam, Discount Sᵗ Alban. mortuus 9 Aprilis,
Anno Dñi .1 6 2 6. Annoᵠ Aetat. 66.

Francis Bacon

I

카산드라, 예언

때를 못 만난 조언에 관하여

트로이의 왕 프리아모스(Priamos, 영어로는 Priam)와 왕비 헤카베(Hekabe, 라틴어로는 Hecuba) 사이에서 태어난 딸 카산드라(Cassandra, Kassandra 또는 Alexandra)는 헬레노스(Helenos)와 쌍둥이 남매지간이었다. 이들이 아주 어렸을 때 어른들의 부주의로 그들만 아폴론 신전에 남겨진 적이 있었다. 다음날 아침 사람들이 남매를 발견했을 때 아폴론 신의 명을 받은 뱀들이 아이들의 귀를 핥고 있었다고 한다. 그래서 귀가 정화된 카산드라와 헬레노스는 자연과 신들이 들려주는 신성한 말들을 이해할 수 있고 앞날도 내다볼 수 있게 되었다고 한다.

영국의 여류화가 이블린 모간(Evelyn De Morgan)의 『카산드라』(1898), 불타는 트로이 성을 배경으로 그렸다.

그런데 고대 그리스 3대 비극작가(아이스킬로스, 소포클레스, 에우리피데스) 중 한 사람인 아이스퀼로스(Aeschylus)는 자신의 비극 「아가멤논」(Agamemnon, 『오레스테이아』 3부작 중 첫 편)에서 다음과 같이 카산드라를 이야기한다. 아폴론(로마 신화의 아폴로)은 카산드라를 사랑했는데, 그녀를 유혹하려고 예언 능력을 선물했다. 하지만 카산드라는 예언 능력 때문에 고민하게 된다. 즉 아폴론은 신이기 때문에 죽지 않지만, 자신은 인간이었기 때문에 늙어 죽는다는 것을 알았기 때문이다. 자신이 늙거나 병들면 아폴론은 자신을 버리고 다른 여자와 사귈 것이 뻔했기 때문에 그녀는 아폴론이 자기를 끌어안자 그를 밀쳐 내버렸다. 이에 아폴론은 크게 화를 내며 그녀의 입 안에 침을 뱉었다. 그 뒤로 카산드라가 하는 예언은 정확했으나 더 이상 아무도 믿지 않았다.

이후 카산드라는 아버지 프리아모스에게 차남(장남은 헥토르)이자 자기의 오빠인 파리스(Paris)가 '불화의 사과' 때문에 야기할 트로이 전쟁도 예언했다. 하지만 아버지는 그녀의 말을 듣지 않고 어머니 헤카베의 불길한 태몽 때문에 버렸던 파리스를 되찾아 성으로 데려오는 바람에 트로이 전쟁이 터지고 만다. 소위 '파리스의 심판'의 결과로 야기된 이 전쟁이 막바지에 이르렀을 때도 그녀는 트로이군에게 목마를 도시 안으로 들이지 말라고 경고했다. 하지만 트로이군은 그녀의 말을 무시하고 그리스 연합군이 숨어든 목마를 성안으로 끌어들여 결국 전쟁에서 패하고 말았다.

10년에 걸친 이 전쟁에서 승리한 그리스 연합군이 전리품을 나눠가질 때 그녀는 아가멤논의 차지가 되었다. 이때도 그녀는 아가멤논의 죽음을 예언했으나 묵살 당했다. 결국 미케네(뮈케나이, Mycenae)로 귀국한 아가멤논은 아내 클리타임네스트라의 정부(情夫)인 아이기스토스에게 살해당했고, 그녀는 클리타임네스트라의 칼에 찔려 죽었다.

지금도 영어에서 Cassandra는 '재앙의 예언자'(the prophet of disaster), '흥을 깨는 사람'(a wet blanket, wowser), '사람들의 믿음을 얻지 못하면서 불길한 일을 예언하는 사람'을 가리키며, play Cassandra는 '예언(예측)하다', '예언자 노릇을 하다'라는 뜻이다.

***

시인들은 카산드라가 자신에게 마음을 빼앗긴 아폴론과의 약속을 계속 미뤄가며 애를 태워 결국 그의 예언 능력을 선물로 받아내 자기 목적을 이룬 뒤 아폴로의 구애를 딱 잘라 거절했다고 말한다. 자신이 경솔히 건넸던 선물을 되돌려 받을 수 없었던 아폴로는 카산드라에게 놀아난 데 격분해서 그녀에게 형벌을 내리는데, 카산드라가 아무리 딱 들어맞는 예언을 해도 아무도 그 예언을 믿지 않도록 했다. 결국 카산드라의 예언을 사람들은 귀담아 듣지 않았고, 심지어 나라가 멸망할 것이라고 거듭 예언했음에도 사람들은 그녀의 말에 콧방귀를 뀌었다.

이 이야기는 때를 얻지 못한 예언은 무의미하다는 교훈을 주기 위해 지어낸 이야기로 보인다. 어떤 사안을 조정하거나 그 해결책을 모색하는 법, 대화의 높낮이, 사려 깊은 귀와 저속한 귀 간의 차이, 발언과 침묵의 적절한 시기를 배워 알기 위해서는 조화의 신 아폴로의 교훈에 귀를 기울여야 한다. 하지만 그들은 자만심에 가득 차 완고하고 고집스럽다. 따라서 말을 통해서든 완력을 통해서든 상대를 설득하려는 그들의 온갖 노력은 무시당하고 오히려 자신들이 조언하는 상대의 파멸을 재촉한다. 결국 대재앙이 발생했을 때 그로부터 고통 받는 자들은 스스로 경솔했음을 피부로 깨달을 즈음에서야 비로소 그들의 조언자들이 통찰력과 예지력을 갖춘 뛰어난 예언자였음을 알고 추앙하게 된다.

우리는 이와 관련한 괄목할 만한 사례를 우티카(Utica, 아프리카 북쪽 해안 카르타고 서북방의 고대 도시) 출신의 카토(Cato, B.C.95~B.C.46. 로마의 정치가·군인·스토아 철학자로 흔히 소(小) 카토로 불린다)에게서 찾을 수 있다. 나라 멸망의 첫 조짐이 보일 때부터 그리고 카이사르와 폼페이우스 간에 내전이 발생해서 실제로 그 조짐이 서서히 현실화해갈 때도 그 멸망이 다가오고 있음을 일찌감치 예언했던 그였지만, 그의 예언은 진지하게 받아들여지지 않았고 오히려 공화국 시민에게 좋지 않은 영향을 미쳐 로마의 멸망을 앞당겼다. 키케로는 카토의 예언에 이렇게 일침을 가한다. "카토의 판단은 훌륭했으나 나라에 해를 끼쳤다. 그가 말하는 상대가 로물루스의 잔당들이었음에도 마치 플라톤의 시민에게 말하듯 했기 때문이다."

II

튀폰, 반역자
반란에 관하여

튀폰(Typhon)은 그리스 신화에 등장하는 가장 강하고 무서운 거인이다. 고대 그리스의 시인 핀다로스(Pindar)에 따르면, 그는 눈에서 불을 내뿜는 100개의 용머리를 가졌고 몸통은 인간이었지만, 아랫도리는 거대한 뱀의 모습을 띠었다. 온 몸은 깃털과 날개로 덮여 있다. 어깨는 하늘에 닿고, 100개의 머리는 하늘에 떠 있는 별을 스치며, 두 팔은 세상의 동쪽과 서쪽의 끝까지 닿는다고 한다. 그래서 신들도 튀폰을 감당할 자가 없었다고 한다. 튀폰이 한번 지나간 자리는 나무들이 부러지고 흙이 파헤쳐져 모든 게 소멸되거나 불타버리기 때문에 그림자조차 남지 않았다.

튀폰과 하르퓌아

    고대 그리스의 시인 헤시오도스(Hesiod)의 『신통기』(神統記, Theogony, 신들의 계보)에 따르면, 대지의 여신 가이아(Gaia)는 제우스가 아들인 크로노스를 물리치고 신들의 지배자가 되자 크로노스의 원수를 갚기 위해 타르타로스(Tartarus)와 관계를 맺어 그녀의 마지막 자식인 튀폰을 낳았다고 한다. 일설에 따르면, 튀폰은 제우스의 바람기에 복수하려고 헤라가 크로노스에게 제우스보다 강한 아들을 낳게 해달라고 기도했다고 한다. 마침내 그에게서 받은 알에서 태어난 튀폰은 가이아의 자식인 큰 뱀 퓌톤(Python)에 의해 키워졌다고도 한다.

번개창을 들고 튀폰과 싸우는 제우스

엄청난 힘을 지닌 튀폰은 신들의 세계를 놓고 승부의 우열을 겨루기 위해 제우스를 찾아 올림포스 산으로 돌진했다. 이것이 제우스가 세상의 패권을 차지하기 위한 세 번째 싸움이었다. (두 번의 싸움은 티타노마키아와 기간토마키아라고 부르는데, '카일루스, 시초' 장에서 상세히 설명하겠다.) 겁을 먹은 올림포스 신들은 모두 도망갔으나, 그 자리를 지킨 아테나의 비웃음을 참지 못해 제우스는 다시 올림포스로 돌아왔다. 제우스는 진퇴를 거듭하며 튀폰과 겨뤘으나 그에게 힘줄을 잘려 힘을 쓸 수가 없었다. 이때 헤르메스(Hermes)와 판(Pan)이 그의 힘줄을 동굴에서 찾아와 돌려주자 기력을 되찾은 그는 튀폰의 머리를 번갯불로 내리쳐 쓰러뜨렸다.

핀다로스에 따르면, 제우스는 쓰러진 튀폰을 에트나 산에 가둬버렸다고 한다. 그래서 사람들은 에트나 화산이 폭발할 때마다 튀폰이 꿈틀거리는 거라고 여겼다.

이 괴물은 나중에 영어에 자리를 잡았다. 다름 아닌 북태평양 남서부에서 발생하여 동아시아로 불어오는 열대성 저기압 태풍(颱風, Typhoon)의 어원이 된 것이다. 또 압축 공기 등을 이용한 선박의 경적(警笛)도 typhon이라고 한다.

***

전설에 따르면, 유노(Juno, 헤라)는 자신과는 상관없는 자식 팔라스(Pallas, 아테나)를 유피테르(Jupiter, 제우스, 주피터)가 갖게 된 데 격분해 모든 신과 여신들에게 자신도 유피테르 없이 자식을 갖도록 해달라고 끈덕지게 간청했다고 한다. 강압과 간청을 거듭한 끝에 허락을 받아낸 유노가 땅을 세게 내려치자 거대한 몸집에 흉측스런 괴물 튀폰이 순식간에 생겨났다. 유노는 거대한 뱀 한 마리를 시켜 튀폰을 돌보도록 했다. 괴물 튀폰은 성인이 되자마자 유피테르와 전쟁을 벌여 그를 포로로 붙잡았다. 튀폰은 유피테르를 어깨에 걸머진 다음 어두컴컴한 외진 곳에 가두었다. 그곳에서 유피테르의 팔과 다리의 힘줄을 잘라 갈무리한 뒤 몸이 망가져 불구가 된 그를 그곳에 방치해버렸다.

하지만 이후 메르쿠리우스(Mercurius, 그리스 신화의 헤르메스에 해당하며, 여행, 상업, 도둑의 신이다)가 튀폰에게서 그 힘줄을 훔쳐 유피테르를 고쳐주었다. 원래의 힘을 회복한 유피테르는 다시금 그 괴물을 뒤쫓았다. 괴물과 맞닥뜨린 유피테르는 처음에는 벼락을 내리쳐 부상을 입혔다. 괴물이 흘린 피로부터 거대한 뱀들이 꿈틀대며 일어섰다. 당황한 튀폰이 줄행랑을 치자 유피테르는 에트나 산을 번쩍 집어 들어 괴물을 향해 던져 산 아래 깔아 뭉개버렸다.

이 이야기는 왕들이 겪은 우여곡절을 보여주고 여러 왕국에서 번갈아가며 반란이 일어났음을 보여주는 듯하다. 유피테르가 유노와 짝을 맺었듯이 왕자들은 자신들의 지위에 걸맞은 배필을 만나 결혼해서 존경을 받으며 살아가는 것이 당연시되는 존재인지 모른다. 하지만 때로는 이런 일이 벌어진다. 오랫동안 권력의 단맛에 취해 살아온 탓에 타락의 길로 빠져들어 폭군이 되는 경우다. 그들은 모든 것을 손아귀에 주고 원로원과 귀족들의 조언에도 귀를 기울이지 않으며 독단으로 흐른다. 말하자면 자신의 의지와 기분에 따라 전횡을 휘두르며 나라를 통치하는 것이다. 왕의 이런 행동은 민중들을 분노케 한다. 민중들은 자신들 편에 설 우두머리를 새로이 내세우고자 한다. 그런 계획은 대체로 귀족들의 비밀스런 행동과 선동을 통해 그 첫발을 내딛는다. 그들의 방조 아래 평민들은 봉기를 준비한다. 마치 튀폰이 뱀들의 보호 아래 무럭무럭 자라듯 나라 안에 반란의 기운이 부풀어 오른다. 이렇듯 사태가 진전되는 가운데

서민들의 타고난 사악함과 악의적인 기질이 거기에 기름을 붓는다. 이 서민들은 왕에게는 독을 품은 뱀이나 다름없다. 이제 불만에 가득한 자들은 서서히 자신들의 세를 규합해 마침내 공공연한 모반의 길로 들어선다. 왕과 민중 모두에게 무한한 해를 끼치는 이러한 모반은 끔찍스럽게 증폭된 기형적 존재인 튀폰으로 표현된다.

백 개인 튀폰의 머리는 분열된 권력을 의미하며, 화염을 내뿜는 입은 불길과 참화를 뜻하고, 그의 하반신을 독사들이 휘감고 있는 모습은 포위와 파괴를 뜻한다. 또한 쇠로 된 튀폰의 양손은 도륙과 잔악함의 표상이며 그의 독수리 발톱은 약탈과 도적질을 상징하고 깃털로 덮인 몸통은 끊임없는 소문과 모순된 진술을 의미한다. 때때로 이들 반란이 극도로 치달으면 반란자들의 등에 업힌 꼴로 부득이 권좌에서 내려와 부와 권력의 힘줄을 잃은 채 어느 외지고 고립된 지역으로 유배를 당하기도 한다.

하지만 이제 그들이 이렇듯 뒤집힌 운명을 슬기롭게 견뎌낸다면 단시일 안에 메르쿠리우스의 도움을 받아 자신들의 힘줄을 되찾을 수 있을지도 모른다. 이를 위해서 왕들은 민중들의 정신과 정서에 자신들을 맞춰나감으로써 보다 온건하고 유연해질 것이다. 또한 새로운 지원과 보급품을 공급하는 데 흔쾌히 나서도록 신하들을 설득하고 자신의 권위에 신선한 활력을 불어넣기 위해 그의 연설은 정중해지고 포고는 더욱 신중해질 것이다. 사려 깊고 신중한 군주라면 전쟁을 통해 자신의 운명을 시험해보고자 하지 않을 것이다. 그 대신 위대한 공적을 세워 반란자들의 평판을 깔아뭉개버리려고 할 것이다. 그러한 시도가 성공을 거둔다면 반란자들은 자신들이 입은 상처를 의식하고 자신들이 내건 명분이 잘못된 것은 아닌지 의심하면서도 처음에는 마치 독사들이 혀를 날름거리며 쉭쉭거리는 것처럼 무력하고 공허한 위협에 기대다가 나중에 사태가 좀 더 절망적으로 변하면 결국엔 꽁무니를 빼 줄행랑친다.

이렇듯 반란자들이 슬그머니 꽁무니를 뺄 때야말로 왕들이 군대를 동원해 그들을 추격할 때이다. 그때의 무력행위는 시의적절하고 안전하다. 그리고 유피테르가 튀폰을 향해 산을 집어 들어 던졌듯이, 그때는 왕국의 역량을 총동원하는 것이 그들을 진압해 철저히 무력화시키는 데 효과적이다.

III

키클로페스, 공포의 집행자들
야비한 법 집행자에 관하여

키클로프스(Cyclops)는 영어로는 사이클롭스라고 부르는데, 복수가 키클로페스(Cyclopes)이다. 이는 '둥근 눈'이라는 뜻으로 보통 이마에 눈 하나를 가지고 있는 외눈박이 거인으로 그려져 있다. 헤시오도스의 『신통기』에 따르면, 우라노스와 가이아는 브론테스(Brothes, 천둥), 스데로페스(Steropes, 번개), 아르게스(Arges, 벼락) 등 키클로프스 3형제를 두었다고 한다. 우라노스는 이들 세 명의 키클로프스를 자기가 두려워하고 있던 다른 자식들(헤카톤케이르 3형제)과 함께 타르타로스에 가두려고 하자 가이아는 아들 크로노스와 짜고 남편을 몰아냈다. 하지만 우라노스를 거세

한 크로노스도 잠시 키클로프스들을 풀어주었다가 다시 타르타로스에 가두었다.

크로노스는 자신이 아버지 우라노스를 제거한 것처럼 자신도 태어날 아이에게 똑같이 제거되리라는 신탁을 받자 제우스가 태어나자마자 죽이려 했다. 그러자 아내인 레아가 제우스를 크로노스의 눈에 띠지 않게 크레타 섬에 숨겼기 때문에, 크로노스는 제우스 대신 돌멩이를 넣어둔 자루를 삼켰다. 나중에 어른이 된 제우스는 결국 '티타노마키아'(Titanomachia, 티탄족의 전쟁이라는 뜻)라 불리는 신들의 전쟁에서 크로노스를 쓰러뜨리고 신들의 왕이 되었다. 이때 키클로프스들은 제우스에 의해 해방되었다.

빌헬름 티쉬바인의 『폴리페모스』(1802)

이후 키클로프스들은 제우스의 하인이자 벼락을 만드는 대장장이가 되었다. 그래서 제우스에겐 아스트라페(Astrape, 번개)를, 포세이돈에겐 트리아이나(Triaina, 삼지창)를, 하데스에겐 보이지 않게 하는 투구 퀴네에(Kynee, 은둔모)를 선물했다. 그런데 제우스가 키클로프스들이 만든 번개로 아폴론의 아들이자 '의술의 신' 아스클레피오스를 죽였다. 그러자 아폴론은 그 번개가 키클로프스들에 의해 만들어 졌다는 이유로 그들을 죽여 아들의 죽음에 앙갚음을 했다.

한편 호메로스의 『오디세이아』에서는 또 다른 부류의 키클로프스가 시칠리아 섬에 사는 외눈박이 거인으로 등장한다. 그들은 야만적이어서 손님을 접대할 줄 몰랐다. 그리하여 오디세우스가 부하 12명과 함께 그들의 섬에 도착했을 때, 키클로프스들 중 한명이자 포세이돈의 아들인 폴리페모스(Polyphemus)는 붙잡은 오디세우스의 부하 6명을 자신의 동굴에서 잡아먹고 마지막에 그를 잡아먹으려 했다. 하지만 오디세우스는 그를 술에 취해 잠들게 하고 불에 달군 말뚝으로 그의 눈을 찔러 장님으로 만들고 살아남은 나머지 6명과 함께 달아났다.

프로테우스(Proteus) 왕을 섬긴 일단의 키클로프스들은 헤라클레스의 탄생지인 티린스의 성벽과 미케네의 성벽을 쌓고 사자의 문을 만들었다고 전해진다. 이 성벽은 '키클로프스의 성벽'(Cyclopean walls)이라 알려져 있다. 또 헤파이스토스가 에트나 산에 대장간을 설치하고, 키클로프스들을 시켜 제우스의 벼락 및 아이네이아스의 무기를 만들게 했다고 한다.

이 거인의 이름은 인도양에서 발생하는 열대성 저기압 사이클론(Cyclone)으로 남게 되었다.('태풍의 눈도 한 개이기 때문이다.) 이밖에

미키네의 '키클로프스의 성벽'

엄청난 양의 지식이 담긴 '사전'을 뜻하는 encyclopedia와 '주기'(週期), '순환'(循環), '회로'(回路), '고리' 등의 뜻을 지닌 cycle, 두 바퀴 달린 자전거 bi (둘) + cycle(원) = bicycle 등에도 이름을 남겼다.

***

유피테르는 키클로페스가 사납고 잔인했기 때문에 처음에는 영원한 유폐의 공간으로 악명 높았던 **타르타로스**(Tartaros, 그리스 신화에 등장하는 하계의 깊은 곳을 상징하는 태초의 신이자 공간의 개념. 공포스러운 처벌의 공간으로 한번 갇히면 결코 빠져 나올 수 없는 음침하고 우울한 지하세계이다)에 내던져 가두었다. 하지만 나중에 그들을 풀어줘 우군으로 삼은 뒤 벼락 일으키는 일을 맡겨야 한다는 텔루스(Tellus, 로마 신화에 나오는 땅의 생산력을 주관하는 여신으로 그리스 신화의 가이아와 동일시 됨)의 설득을 받아들였다. 이들 삼형제는 한눈 한번 파는 일 없이 온몸에 땀이 범벅이 되도록 망치를 두드려 번개를 일으켰고 되풀이되는 모루의 굉음과 함께 다른 가공할 도구들도 만들어냈다.

세월이 한참 흐른 뒤, 의술의 힘을 빌려 죽은 자를 살려내던 아폴론의 아들 아스클레피오스(Asclepius, 그리스 신화에 나오는 의술의 신. 로마 신화의 에스쿨랍Aesculap)를 영 못마땅하게 여긴 유피테르는 그에게 본때를 보여주기로 했다. 하지만 아스클레피오스의 행위가 그 자체로 대단히 경건한 일인데다 그의 명성 또한 워낙 자자했던 까닭에 대놓고 분풀이를 할 수도 없었다. 유피테르는 키클로프스 삼형제의 화를 은근히 돋우어 아스클레피오스에 위해를 가하도록 했다. 삼형제는 아무런 가책도 없이 아스클레피오스에게 벼락을 내리쳐 그의 목숨을 빼앗았다. 그러자 복수심에 불탄 아폴론은 유피테르의 묵인 아래 키클로프스 삼형제에게 화살을 날려 그들을 죽여버렸다.

이 신화는 잔인하고 포악하고 살벌한 수하들을 둔 군주의 행동을 보여주는 듯하다. 군주는 처음에는 그들에게 벌을 내려 가두지만 나중에는 텔루스처럼 속되고 비열한 사람의 조언에 따라 그들을 다시 자기 휘하에 거둔다. 누군가에게 잔인하고 가혹한 처벌을 가해야 할 때 활용하기 위해서다. 하지만 이들 집행인들은 천성적으로 속물이고 예전에 수치스러운 일도 당했던 데다 군주가 자신들에게 기대하고 있는 바가 무엇인지 아주 잘 알고 있는 까닭에 자기들에게 맡겨진 일을 그 누구보다도 열심히 해낸다. 하지만 군주의 총애를 얻는 데 너무 열심인 나머지 경솔해져 군주의 명령을 제멋대로 받아들이고 그 명령이 애매모호한 경우도 있어 때때로 군주의 눈 밖에 나는 엉뚱한 짓을 저지르고 만다. 이때 군주들은 자신들에 대한 적개심을 누그러뜨리기 위해, 또 자신들의 등 뒤에 더 이상 그런 흉기를 둘 필요가 없다는 사실을 깨닫는 순간 이 수하들을 내팽개친다.

군주는 수하들로부터 상처를 입은 사람들의 친구나 추종자들에게 이들 집행자들을 넘겨줌으로써 그들을 복수와 대중적 증오의 희생양으로 삼는다. 그리하여 군주 자신에게는 갈채와 환호가 쏟아지는 가운데 이들 악당들은 마침내 자신들이 지은 죄에 대해 응분의 대가를 치른다.

IV

나르키소스, 자기애

나르시시즘에 관하여

나르키소스(Narcissus)는 강의 신 케피소스
(Cephissus)와 물의 님프 리리오페(Liriope)의 아들로, 나르시스 또는
나르시시스라고도 한다. 이 이름은 '잠'(sleep) 또는 '무감각'(numbness)
을 의미하는 나르케(narke)에서 유래했다는 설이 유력하다.

오비디우스의 『변신이야기』에 따르면, 나르키소스의 어머니 리리
오페가 유명한 맹인 예언자 테이레시아스(Teiresias, Tiresias)를 불러
아들의 운명을 물어보자, 그는 나르키소스가 자신의 얼굴만 보지
않으면 오래 산다고 예언했다.

『에코와 나르키소스』 존 윌리엄 워터하우스 作(1903)

이 말을 듣고 리리오페가 요정들에게 부탁해 아들이 수면에 닿으면 얼굴을 보지 못하도록 해놓아 나르키소스는 잘 자라난 듯 했다. 하지만 문제는 그의 자존심이었다. 자존심이 센 그는 수많은 님프들의 구애를 받았으나(그 중에는 상대의 말을 듣고 반복만 하는 에코Echo도 있었다) 모두 귀찮다며 차버렸고, 화가 난 님프들이 복수의 여신 네메시스(Nemesis)에게 기도해 그에게 저주를 내리게 했다.

그 저주로 나르키소스는 호수에 비친 자신의 모습을 보고 사랑에 빠졌으며 이후 호수에 비친 자신의 모습만 그리다가 물에 빠져 죽었다고 한다. 혹은 며칠 동안 먹지도 자지도 않고 호수만 들여다보다가 굶어죽었다는 판본도 있다.

동시대의 다른 이야기도 있다. 아메이니아스(Ameinias)라는 동성애 청년이 있었는데, 그는 나르키소스를 사랑했다. 하지만 나르키소스는 그에게 매정하게 대했다. 한번은 나르키소스가 아메이니아스에게 칼을 선물했는데, 아메이니아스는 나르키소스의 집 앞에서 그 칼로 자살하면서 나르키소스가 짝사랑의 고통을 알게 되기를 네메시스에게 빌었다. 훗날 나르키소스는 연못에 비친 자신의 모습을 사랑하게 됐는데, 입맞춤을 하려다 그것이 자기의 반사된 모습인 것을 알아차리고 슬픔에 빠져 그 칼로 자살하고 말았다.

아무튼 그가 죽은 물가에서 꽃이 피었는데, 그것이 바로 수선화(水仙花, narcissus, daffodil)이며, '자기애'(自己愛) 또는 '자기도취증'이라는 뜻의 나르시시즘(narcissism)도 이 나르키소스에서 유래했다.

1807년 영국의 계관시인 워즈워스가 호숫가에 핀 수선화에서 영감을 얻어 지은 시의 제목도 「수선화」이며, 지그문트 프로이트는 1914년에 이 나르시시즘에 대한 책을 쓰기도 했다. 캐나다의 작가 맨리 P. 홀(Manly P. Hall)은 나르키소스를 잠든 영혼, 깨어있지 못한 영혼, 즉 육(肉)의 성품(fleshly nature)에 미혹되어 있는 상태의 영혼을 뜻한다고 해석했다.

지그문트 프로이트의
「나르시시즘 입문」(1914)

***

나르키소스는 눈이 부실 정도로 곱고 아름답지만 지나치게 자존심이 강해 매사에 거드름을 피우고 스스로에 만족을 느끼며 세상을 경멸하던 미소년으로 알려져 있다. 그는 숲 속에서 오로지 그를 찬미하는 몇몇 사람들과 함께 사냥을 하며 세상과 담을 쌓은 채 살고 있었다. 나르키소스를 공공연히 흠모하는 자들 중에서 특히 숲의 요정 에코는 나르키소스에게 반한 나머지 그를 그림자처럼 따랐다.

어느 날 나르키소스가 한낮의 따가운 햇볕을 피해 숲으로 들어가 어느 맑은 샘에 다다른 것은 그에게는 하나의 운명이었다. 그곳에서 물 위에 비친 자신의 모습을 바라본 나르키소스는 그 황홀한 용모에 홀딱 반해버렸다. 마치 무언가에 홀린 듯 샘을 벗어날 수 없었던 나르키소스는 그곳에서 꼼짝 않고 하염없이 자기 모습을 들여다보다가 마침내 한 송이 꽃이 되었다. 자신의 이름을 딴 그 꽃은 이른 봄에 피어나 플루토(그리스 신화의 하데스)와 그의 아내 프로세르피나(그리스 신화의 페르세포네), 복수의 세 여신 퓨리스(Furies) 같은 지하세계의 신령들에게 바쳐진다.

이 신화는, 자신의 노력과는 상관없이 미모나 재능을 타고난 사람들, 그리고 그것들이 저절로 그들을 돋보이게 해서 스스로를 지나치게 사랑하게 된 사람들의 행동과 운명을 그린 듯하다. 그런 성향을 지닌 사람들은 대체로 은둔생활을 즐기고 대중들의 일상사로부터 동떨어져 있다. 업무와 관련된 생활을 하다 보면 필연적으로 숱한 무시와 경멸에 부딪히고 그것들이 사람들의 정신을 혼란스럽게 하기 때문에 이런 상황에 닥쳤을 때 그런 성향의 사람들은 보통 홀로 자기만의 내밀한 은둔의 삶을 살기 마련이다. 오로지 자신을 찬미하고 숭배하기만 하는, 마치 에코처럼 그가 입에 담는 모든 일에 손을 들어 주는 사람들만을 바라보며 작은 세상에 틀어박혀 산다.

이러한 생활이 습관화하면 그들은 스스로를 한층 더 사랑하게 되면서 타락의 길로 빠져들어 눈에 띄게 나태해지고 소극적으로 변하면서 철저히 바보가 된다. 나르키소스라는 이름의 봄꽃 수선화는 이러한 기질에 대한 훌륭하고도 우아한 상징이다. 처음에는 무성하고 화려한 자태를 뽐내며 사람들의 입에 오르내리다가 꽃이 만개하고 나면 사람들의 기대를 저버린다.

이 꽃이 지하세계 어둠의 권력에게 바쳐진다는 사실은 그보다 더 많은 비유를 담고 있다. 이런 기질의 남자들은 모든 면에서 그야말로 무용지물이다. 그가 무슨 일을 하든 거기에는 결실이 없다. 배가 바다를 항해하듯 그저 흔적 없이 지나갈 뿐이다. 고대인들이 하계의 망령과 권력에게 이 꽃을 바친 것도 이 때문이었다.

V

스틱스 강, 맹약

군주들의 신성한 맹약에 담긴 불가피성에 관하여

　　지하세계 하데스(Hades)에는 스틱스(styx) 강이
흐르는데, 이 강과 관련된 단어로 stygian이 있다. stygian darkness
는 '칠흑 같은 어둠', 즉 '지하세계의 암흑'이라는 뜻으로 사용된다.

　　저승으로 들어가려면 우선 뱃사공 카론(Charon)의 배를 타고 스
틱스 강을 건너야 하며, 그곳에서 영혼들이 도망가지 못하도록 지
키는 케르베로스(Cerberos)에게 입장료를 지불해야 한다. 이 녀석은
머리가 셋 달린 개이다. 그래서 영어로 give a sop to Cerberos(케르
베로스에 빵 한 조각을 던져주다)는 '공직자에게 뇌물을 바치다'라는
뜻으로 쓰인다. 또 익살스런 표현으로 카론은 '뱃사공', 케르베로스

는 '경비원'을 뜻하기도 한다.

스틱스 강은 그 강에 몸을 담그는 자에게 불멸을 선사하기도 했는데, 아킬레우스는 어렸을 때 어머니 테티스가 그 강에 몸을 담가 불멸의 힘을 얻게 되었다. 다만 그녀의 어머니가 손가락으로 잡고 있던 발뒤꿈치만은 물에 젖지 않아 '치명적인 급소'가 되고 말았다. 그래서 이 부위를 '아킬레스건'(Achilles tendon)이라고 부른다. 그러나 실제로는 아주 강한 부위라고 한다.

죽은 자들의 영혼은 하데스에 있는 또 다른 강 레테(Lethe, 그리스어로 '망각'이라는 뜻)에서 물을 마시는데, 이 물을 마시면 곧바로 전생(前生)을 잊어버리고 유령이 된다. 그래서 '망각을 일으키는 것'이라는 뜻으로 lethean이라는 말을 사용하기도 한다. 또 '졸음이 오거나 몸이 나른해져 잘 잊기 쉬운 상태', '혼수상태'를 lethargy라고 한다. 하지만 완전한 망각은 오로지 죽음으로만 가능하기 때문에 lethal은 곧 '치명적'이라는 뜻이며, lethal weapon은 '흉기'를 가리킨다.

지하는 금과 은이 산출되는 곳으로 부(富)와 연관되어 하데스는 로마시대에 들어와 부의 신 플루톤(Pluton, 영어로 플루토)라는 이름을 갖게 되었다. 이 단어에서 부호계급인 plute, 부자들이 지배하는 정부를 뜻하는 plutocracy(금권정치)가 유래되었다. 태양계에

스틱스 강에서 노를 젓는 카론과 입구를 지키는 케르베로스. 위에는 지하세계의 왕 하데스와 부인 페르세포네.(18세기 세밀 목판화)

서 가장 먼 아홉 번째 행성도 지하세계의 왕 별'이라는 뜻의 '명왕성(冥王星, Pluto)'으로 정의되었다. 하지만 2006년 8월《국제천문연맹》(LAU)에서 행성에 대한 분류법을 정정한 이후 '왜소행성(dwarf planet) 134340'으로 전락하고 말았다.

***

이미 잘 알려져 있듯이 그 어떤 신도 어길 수 없는 신성한 맹약 하나가 고대의 많은 신화들에 등장한다. 이 맹약은 불가피성에 바탕을 둔 것이었다. 이들은 맹약을 맺으면서 어떤 거룩한 신성도 들먹이지 않았다. 다만 플루토의 하계를 에워싸고 굽이굽이 흐르는 스틱스 강을 증인으로 세웠다. 형식상 이러한 조건 말고는 아무런 의무조항도 없었기 때문에 그 조건을 어길 경우 일정 기간 신들의 연회에 초대받지 못하는 매우 엄중한 처벌을 받게 된다.

이 신화는 군주들 간의 합의와 연합의 성격을 보여주기 위해 꾸며낸 이야기로 보인다. 이 서약은 종교적인 형태로 매우 엄정하게 이루어지지만 그 서약 자체 말고는 그 이상의 구속력이 없는 것이었다. 따라서 맹세들은 어떤 신의나 보장 혹은 실효성을 노렸다기보다는 상대에 대해 예의를 지키고 세상의 평판을 의식하는 의례적인 것이었던 것 같다. 이러한 서약들은 태생적으로 연결되어 있는 어떤 혈연적 유대감뿐 아니라 상호간의 협력과 호의에 의해 강화되기도 했지만 우리는 대체로 이 모든 것이 야망과 편익, 권력에의 목마름 앞에서 속절없이 무너져 내릴 것임을 알고 있다. 여러 그럴듯한 구실들을 내세워 철저히 자신을 위장하면서 그 가면 뒤에 야심찬 욕망과 위선을 감추는 일이 군주들에게 그리 어려운 일은 아니었기 때문에 더더욱 그러하다. 그들의 속마음을 속속들이 파헤쳐 보려는 사람이 있을 리도 없었다.

하지만 거기에는 그 어떠한 천상계의 신성도 개입되어 있지 않았음에도 불구하고 그들의 신의를 확증할 만한 단 하나의 진실하고도 적절한 요인, 즉 군주들의 위대한 신성이라 할 만한 불가피성이라는 요인이 개입되어 있었다. 군주들은 나라를 위험에 빠뜨려서는 안 되고 국익을 확보해야 하는 불가피한 현실에 직면해 있었던 것이다.

이 불가피성은 결코 되건널 수 없는 운명의 강, 스틱스 강을 통해 품격 있게 표현된다. 아테네의 장군 이피크라테스(Iphicrates, 펠타스타이peltastai라는 새로운 병종兵種을 조직하여 여러 번 스파르타를 격파했다)가 동맹을 맺으면서 호소했던 것이 바로 이 신성이었다. 다른 대부분의 사람들이 조심스러워 하며 의도적으로 감추고 있던 것을 그만큼은 단호히 공언했기 때문에 여기에 그의 말을 직접 옮기는 것이 적절할지 모른다. 라케다이몬, 즉 스파르타 측 사람들이 맹약을 보장하고 인정하겠다는 의사를 주저리주저리 들먹이자 그는 이들의 말을 가로막고 이렇게 말했다.

"여러분, 우리들 간에 안전을 보장할 어떤 합의나 수단이 실제로 있을 수 있다. 말하자면 그대들에게 우리를 해치고 싶은 욕망이 아무리 강렬하다 해도 실제로 그럴 수 없음을 우리 측에 이미 전달했다고 증명해보이면 그만이다."

따라서 맹약을 위반하고자 하는 힘이 제거된다면 혹은 계약을 위반함으로써 나라나 부족이 멸망하거나 그 힘이 약화될 위험이 있다면 그 계약은 이미 비준, 추인된 것이나 마찬가지라 할 수 있다. 말하자면 스틱스 강의 맹약에 의해 신들의 연회에 참여하지 못하고 축출될 위험이 코앞에 닥치게 되는 것이다. 고대인들은 이런 식의 표현을 통해 제국과 영토의 권리와 특권, 부와 행복을 표시했다.

VI

판, 자연
자연철학에 관하여[03]

헤르메스 또는 제우스의 아들로 알려진 판 (Pan)은 들판과 숲의 신, 즉 '모든 자연의 요정'이다. Pan은 그리스어로 '모든'(凡) 또는 '전부'를 뜻하며, 영어에서도 '모든'을 뜻하는 접두어로 쓰인다. 모든 신들을 모시는 곳인 '만신전'(萬神殿)도 pan(모든)+theon(신전) = pantheon이며, '전경', '개관'을 뜻하는 panorama 등에 이런 의미가 담겨 있다. 상호로는 미국항공사 〈팬암〉(Pan+America = Pan Am), 한국의 해운회사 〈범양〉(凡洋, Pan+Ocean) 등에 쓰인다.

로마 신화의 파우누스(Faunus)에 해당하는 거인족과의 전투, 즉 티타노마키아 당시 판은 제우스가 승리하자 기뻐서 고함을 질렀는데, 그 후 판은 자기가 고함을 질러 전쟁에서 이겼다고 으스대고 다녔으며, 잠든 사람에게 악몽을 불어넣고 나그네에게 공포를 주기도 했다. 그래서 Panic(공포, 혼란)과 panic button(비상벨) 등은 바로 이런 이미지를 담고 있다.

시칠리아의 목동 다프니스에게 팬파이프를 가르쳐 주는 판

보통 머리에 작은 뿔이 나있고 인간과 염소를 합친 반인반수의 모습으로 그려지며, 항상 '시링크스'(syrinx, 그리스어로 '관'이라는 뜻이다)라는 이름의 팬파이프를 가지고 다니는 것으로 묘사된다. 그래서 종종 춤과 음악을 즐겼던 신으로 간주되기도 한다. 이 시링크스는 물의 요정이었는데, 판이 귀찮게 따라다니자 신에게 제발 판으로부터 도망가게 해달라고 빌었다. 그래서 신은 그녀를 갈대로 만들어주었다. 슬픔에 찬 판은 이 갈대를 꺾어 피리를 만들었으며, 이것이 바로 시링크스이다.

***

    고대인들은 판이라는 인물이 주재하는 우주 만물의 자연을 매우 정밀하게 그려놓고 있다. 하지만 판의 탄생과 관련해서는 미심쩍은 부분을 남겨놓았다. 어떤 이는 그가 헤르메스의 아들이라고 주장하고 어떤 이는 오디세우스의 아내 페넬로페(Penelope)에 구혼한 자들 모두의 공통된 조상이라고도 한다. 또 세 번째 설에 따르면, 판은 유피테르와 히브리스(Hibris, 그리스 신화에서 오만과 방종이란 개념이 의인화된 여신. '네메시스' 항목 참조), 즉 타락 사이에서 태어난 자식이다. 하지만 출생 배경이 어떠하든 운명의 세 여신(the Destinies, 모이라이Moerae로 불린다. 인간에게 복도 주고 화도 주는 세 자매이다. 이들 중 클로토는 운명의 실을 뽑아내고, 라케시스는 운명의 실을 감거나 짜며 배당하고, 아트로포스는 운명의 실을 가위로 잘라 삶을 거두는 역할을 담당한다)이 판의 여동생이라는 점은 한결같다.

    고대인들은 판을 하늘을 향해 뻗어난 각뿔, 털이 북슬북슬한 몸집, 치렁치렁한 수염에 상체는 인간 형상을 하고 하반신은 야수의 모습을 띤, 염소 발을 한 존재로 묘사한다. 왼손에는 일곱 개의 리드로 구성된 피리를, 오른손에는 양치기들이 쓰는 갈고리 모양의 지팡이를 일종의 힘의 상징으로 들고 있었으며 몸에는 표범 가죽으로 된 망토를 걸쳤다.

판은 사냥꾼, 양치기와 모든 시골 주민들의 신이자 산의 지배자로 알려졌으며 헤르메스의 뒤를 이은 신들의 전령이기도 했다. 또한 그는 그의 주변에서 사티로스들과 그들보다 나이가 많은 실레노스(silenos, 일반적으로 늙은 사티로스들을 가리키며, 디오니소스의 양부로 그려진다)들을 데리고 늘 춤추며 뛰노는 님프들의 지도자이자 지배자로 알려져 있다. 판은 엄청난 공포, 특히 미신과도 같은 종잡을 수 없는 공포를 휘두르는 존재이기도 해서 그의 이름으로부터 panic이란 말이 유래했다.[04]

판과 관련된 일화는 거의 알려진 것이 없다. 다만 그가 큐피드에게 씨름 시합을 걸었다가 졌다는 이야기와 거인 튀폰을 그물로 붙잡아 꼼짝달싹 못하게 했다는 이야기가 전해져 올 뿐이다. 하지만 몇 가지 이야기가 더 있다. 프로세르피나가 납치된 일로 크게 상심한 케레스(그리스 신화의 데메테르)가 종적을 감추자 모든 신들이 저마다의 방식으로 그녀를 찾아 헤매고 있을 때 오로지 판에게만 그녀를 만나는 행운이 찾아왔다. 그는 사냥을 하던 중 그녀를 우연히 만나 신들 앞에 그녀를 대령했다. 또 판은 주제넘게도 아폴로와 누가 음악적으로 더 뛰어난지 겨루기도 했다. 그런데 이 경연에 우연히 끼어든 미다스(Midas, 오비디우스의 『변신이야기』에 나오는 이야기로, 손대는 일마다 큰 성공을 거둬서 엄청난 재정적 이익을 내는 능력자에게 붙는 수식어 '미다스의 손Midas touch'과 '임금님 귀는 당나귀 귀'라는 말로 유명하다)가 판을 편들었고 이에 아폴론은 화를 참지 못하고 미다스의 귀를 당나귀 귀로 만들어버렸다. 미다스는 자기 귀가 당나귀 귀인 것을 자신만의 비밀로 숨기며 살아야 했다.[05]

그와 관련된 사랑이야기도 거의 남아 있는 게 없다. 많고 많은 신들의 차고 넘치는 사랑이야기를 감안하면 언뜻 이해가 되지 않는 부분이다. 그는 흔히 그의 아내로 간주되고 있는 에코 한 사람만을 지독히 사랑했다고 전해진다. 그런데 다른 사랑이야기도 있다. 큐피드가 자신에게 무모하게 도전했던 판의 가슴에 사랑의 불을 지펴 시링크스(Syrinx)라 불리는 님프를 사랑하게 되었다는 이야기다. 또 판이 달의 여신에게 외따로 떨어진 깊은 숲속으로 자신을 데려가 달라고 간청했다는 이야기도 전해진다.

마지막으로 여신들이 슬하에 엄청나게 많은 자식들을 두었던 것을 감안하면 판에게 자손이 없다는 사실 또한 놀라운 일이다. 다만 항간에는 우스꽝스러운 이야기로 길손들을 즐겁게 하는 데 능했던 이암베(Iambe, 그리스 신화에서 여신 데메테르Demeter를 농담으로 웃게 한 처녀로 판과 에코의 딸로 알려져 있다. 고대 그리스 시가 형식인 이암보스iambeios의 기원이 되었다)라는 하녀의 아버지라는 설이 있다.

이 신화는 고대 신화 중에서 자연의 신비와 비밀로 가득한 가장 품격 있는 신화가 아닐까 싶다. 판은 이름이 의미하듯이, 그 기원과 관련해서 견해가 둘로 갈린 우주를 상징한다. 우주는 성경과 신학에서 신성한 단어로 취급되는 헤르메스에서 생겨났거나 사물의 잡다한 씨앗들로부터 생겨났기 때문이다. 만물이 하나의 기원만을 갖고 있다고 생각하는 사람들은 우주가 신의 작품이라고 주장하고, 물질적인 기원을 가정하는 사람이라면 만물을 생성시킨 힘이 다양함을 인정할 것이다. 따라서 결론은 이렇다. 자연은 헤르메스로부터 유래했거나 페넬로페와 그녀에게 구혼한 모든 자들로부터 유래한다.[06]

　판의 출생과 관련한 세 번째 설은 그리스인들이 이집트인들이나 기타 민족의 도움을 받아 히브리의 신화에서 차용한 듯하다. 이 설은 세상이 창조되었을 당시의 상태가 아닌 타락 이후 죽음과 부패가 저질러놓은 세상의 상황과 관련되어 있다. 이런 상태라면 세상은 신과 죄, 유피테르와 타락의 자손이었고 지금도 이는 마찬가지다. 따라서 판의 출생과 관련한 이 세 가지 설은 상황과 시대에 따라 적절히 구분된다면 모두 진실일지 모른다. 말하자면 이렇듯 우리가 살펴보고 있는 판 혹은 우주 만물의 자연은 신성한 말과 혼돈의 상황으로부터 비롯되었다. 세상은 처음에는 신이 몸소 창조했지만 이후 세상에 죄가 출현하고 종국에는 타락의 길로 들어서게 된 그런 세상이다.

운명의 세 여신은 마땅히 판의 여동생들이다. 자연 속 일련의 인과관계는 시작과 지속과 몰락을 하나로 연결시킨다. 번성과 쇠락과 작동, 과정과 결과와 변화는 우주 만물에 어떤 식으로든 발생할 수 있다.

판의 머리에 솟아난, 바닥은 넓고 끝은 뾰족하면서 날카로운 각뿔은 우주 만물의 자연을 닮은 듯하다. 개체들은 무한히 많지만 다양한 종으로 묶이면서 여러 유형으로 떠오른다. 이것들이 다시 상승해 보편과 관계를 맺으며 결국 자연은 한 점으로 모이는 것인지도 모른다. 자연의 절정, 혹은 추상적 관념들은 어떤 의미에서는 신성한 것에 도달하는 까닭에 판의 각뿔이 하늘에 닿는다 해도 놀라운 일은 아니다. 형이상학으로부터 자연신학에 이르는 짧고도 편리한 통로가 있기 때문이다.

판의 몸체, 즉 자연의 몸체는 북실북실한 털로 덮인 채 매우 적절하고도 품위 있게 그려져 있다. 이는 사물들의 빛살을 상징한다. 빛살은 자연의 체모 같은 것이며 만물의 몸체에는 많든 적든 이런 빛살이 덮여 있다. 이것은 얼마간 떨어져서 보면 그 외양과 움직임을 통해 눈에 확연히 드러난다. 움직이는 것은 그 무엇이든 빛살을 발산한다고 말하는 것이 타당할지 모른다.[07] 하지만 판의 수염은 유독 길다. 천체의 빛살은 엄청난 거리를 뚫고 나아가 작동하기 때문이다. 그 빛살은 지구 내부로까지 뚫고 내려가 놀랍게도 지구의 표면을 변화시키기도 했다. 또 태양 그 자체는 상부에 자욱하게 구름이 드리울 경우 마치 수염이 난 것처럼 보인다.

또한 자연의 몸체는 상체와 하체 간의 차이로 인해 마땅히 둘로 나뉘어 묘사된다. 상체는 아름다움과 동작의 규칙성, 지구에 대한 영향력 때문에 인간의 모습으로 그려지는 반면에 하체는 무질서와 변칙성, 천체에 대한 종속성으로 인해 야수로 그려진다. 이러한 이중적 모습은 하나의 종이 또 다른 종의 성격을 공유한다는 점을 상징한다. 자연계 그 어디에도 단일한 것은 없는 듯 보인다. 만물은 둘을 공유하고 또 둘로 구성되어 있다. 말하자면 인간은 얼마간 야수의 모습을 간직하고 있으며 야수는 얼마간 식물의 모습을 닮아 있고 식물 또한 얼마간은 광물의 성격을 띤다. 모든 자연체는 사실상 두 얼굴, 즉 그 내부에 우등종과 열등종의 모습을 함께 지니고 있다.

판이 염소 발을 하고 있는 데는 미묘한 비유가 담겨 있다. 지상의 모든 사물들이 대기와 하늘을 향해 상승하는 움직임과 무관하지 않다. 염소는 기본적으로 기어오르는 동물, 바위와 벼랑을 타고 오르는 것을 즐기는 동물이기 때문이다. 이와 비슷하게 지구상에 뿌리를 박고 살 운명에 있는 모든 존재들은 마치 연기가 하늘을 향해 피어오르듯 상승하고자 하는 강력한 힘을 내부에 지니고 있다.

판의 양팔, 혹은 그가 손에 쥐고 있는 상징물은 두 가지이다. 하나는 조화를, 다른 하나는 절대적 지배권을 상징한다. 일곱 개의 리드로 구성된 판의 피리는 명백히 사물의 일치와 조화 혹은 일곱 개리드가 작동하면서 생겨나는 협화음과 불협화음을 의미한다. 한쪽 끝이 갈고리 모양을 한 그의 지팡이 역시 자연의 법칙에 대한 멋진 상징물이다. 자연의 경로는 때로는 직선을 때로는 곡선을 이룬다. 따라서 한쪽 끝에서 급격한 곡선을 이루는 지팡이는 신의 섭리가 대체로 전혀 엉뚱한 수단을 통해 우회적으로 작동한다는 점을 상징한다.

말하자면 신의 섭리(攝理)는 요셉(Joseph, 구약성서 『창세기』에 나오는 야곱의 12명의 아들 가운데 11번째 아들로 이집트에 팔려가 총리대신이 되어 이집트 주변의 흉년과 기근을 미리 알고 대책을 세웠다)을 이집트로 보낸 것처럼 애초에는, 나타난 결과와는 얼마간 다른 계획을 가졌던 것처럼 보인다. 이와 마찬가지로 인간의 통치체제에서 권좌에 오른 사람들은 직접적이고 직설적인 방식보다는 위장과 우회적인 과정을 통해서 보다 효과적으로 민중을 관리하고 감시할 수 있다. 따라서 권위를 상징하는 모든 지팡이는 끝이 갈고리처럼 굽어 있다.

판이 표범 가죽으로 만든 망토를 두르고 있는 데에도 매우 정교한 의미가 숨겨 있다. 표범 가죽의 점박이 무늬는 하늘에 흩뿌려져 있는 별과 바다에 점점이 떠 있는 섬과 지상의 꽃들을 상징하기 때문이다. 각각의 특징적인 것들이 한데 어우러져 하나의 얼룩무늬 외투를 이룬다.

사냥꾼들의 신이라는 판의 칭호만큼 그를 생생하게 표현하는 것도 없다. 세상의 모든 행위, 모든 동작과 과정은 사냥과 다름 아니다. 예술과 학문은 결국 자신의 일감을 추적해 찾는 것이요, 인간의 계획과 의도는 각자의 목표를 좇는다. 모든 생명체는 노련하고 현명한 방식으로 먹을거리를 찾아 헤매고 사냥감을 뒤쫓고 쾌락을 추구한다.[08] 또한 판에게는 시골사람들의 신이라는 칭호도 따랐다. 시골에 사는 사람들은 도시나 궁궐에 사는 사람들보다 더 자연을 따르며 살아간다. 도시나 궁궐에서는 자연이 맥 빠진 여성적 예술로 지나치게 변질되어 있다. 한 시인의 다음과 같은 말이 이를 입증해줄지 모르겠다.

"pars minima est ipsa puella sui"
우리가 보는 여자의 겉모습은 그녀의 아주 일부분에 불과하다[09]
—오비디우스

판에게는 산의 지배자라는 호칭이 별도로 있다. 산이나 고지대에서는 사물의 본모습이 보다 열려 있어 시야에 잘 들어오고 그만큼 그것을 잘 이해할 수 있기 때문이다. 판이 헤르메스의 뒤를 이어 신들의 전령으로 불리게 된 데에도 신성한 비유가 담겨 있다. 다윗왕의 표현에 따르면, "하늘이 신의 영광을 선포하고 창공은 신의 작품을 펼쳐보인다."[10]는 신의 말씀에 뒤이어 등장하는 세상의 모습은 바로 신의 권능과 지혜를 알리는 전령이다.

판은 님프들과 함께 할 때 즐거움을 느꼈다. 다시 말하면 모든 생명체의 영혼은 세상의 기쁨이다. 마땅히 판은 님프의 지배자로 불린다. 님프들은 제각각 자기가 속한 자연을 마치 하나의 지도자처럼 따르기 때문이다. 모든 님프는 저마다의 반지 주변에서 온갖 동작을 다 선보이며 쉼 없이 춤을 춘다. 님프에게는 언제나 젊은 사티로스들과 늙은 실레노스들이 함께 한다. 모든 존재에는 젊고 발랄하게 춤추는 시기가 있고 더디고 위태롭게 비틀대다 마침내는 엉금엉금 기어다니는 시기가 있기 때문이다. 마치 데모크리토스 (Democritos, 기원전 460?~370?, 고대 그리스 사상가로 원자론을 체계화하고 유물론의 형성에도 영향을 끼쳤다)가 그랬던 것처럼 이들 두 시기의 온갖 시도와 동작들을 꼼꼼히 들여다 본 사람이라면 누구나 거기에서 사티로스와 실레노스가 보여주는 요란한 몸짓과 괴상한 동작들만큼이나 기묘하고 낯선 무언가를 발견하게 될 것이다.

엄청난 공포를 불러일으키는 판의 힘에는 매우 합리적인 원칙이 존재한다. 자연은 모든 생명체를 각종 위해와 폭력으로부터 지켜주기 위해서, 그리고 생명에 대한 위협으로부터 그들을 보호하기 위해 그들에게 공포를 심어왔기 때문이다. 그럼에도 불구하고 자연의 이러한 본성 혹은 열정에는 어떤 경계선이 없다. 따라서 정당하고 이로운 공포와 무익하고 무분별한 공포가 마구잡이로 뒤섞인다. 따라서 우리가 모든 생명체의 내부를 들여다볼 수 있다면 그들이 종잡을 수 없는 '극심한 공포'(panic terror)에 가득 차 있는 것처럼 보일지 모른다. 따라서 인류, 특히 서민들은, 주로 불안정하고 고통스러운 시기에 창궐하는, 하지만 따지고 보면 종잡을 수 없는 공포에 불과한 미신에 사로잡혀 산다.

판이 주제넘게 큐피드에게 도전해 갈등을 일으키는 장면에서는 세상을 파멸에 이르게 해 다시 태초의 카오스 상태로 떨어뜨리려는 욕구와 경향성이 드러난다. 보다 강력한 화합과 합의를 통해, 정확히 표현하자면 큐피드의 사랑을 통해 이러한 비행과 성향을 제한하고 억제해야 세상의 파멸을 막을 수 있었다. 따라서 판이 큐피드와의 씨름 시합에서 바닥에 내동댕이쳐져 패배한 것은 인류를 위해서나 우주 만물을 위해서도 잘 된 일이다.

판이 튀폰을 그물로 붙잡아 가둔 일 역시 비슷한 해석이 가능하다. 튀폰이란 단어가 의미하는 바, 무언가 비정상적으로 엄청나게 부풀어 오르는 현상은 바다나 구름, 땅에서처럼 자연에서 때때로 일어날 수 있다. 하지만 자연은 그러한 난폭행위나 반란을, 금강석으로 짠 자신의 촘촘한 그물 안에 붙잡아 꼼짝 못하게 한다.

종적을 감춘 케레스를 사냥하던 판이 발견하는 일화, 요컨대 서로 앞 다투어 부지런히 그녀를 찾아 헤매던 다른 신들에게는 찾아오지 않은 행운이 판에게 다가와준 일화는 지극히 온당하고 신중한 교훈을 선사한다. 우리는 케레스가 상징하는 곡물처럼 우리의 일상생활에 유용한 것들을 추상적 철학 원리로부터 발견할 수는 없다. 물론 우리가 이렇듯 철학 원리로부터 곡물을 찾아내려고 온갖 노력을 쏟아 부어본 적은 없지만 추상적 철학 원리가 마치 최우선적으로 받들어야 할 신이라도 되는 양 여겨서는 안 된다. 그러한 발견은 오로지 판을 통해서만 가능하다. 즉 그것은 지혜로운 경험과 자연에 대한 보편적인 지식을 통해서만 이루어질 수 있다. 그러한 경험과 지식은 흔히 우연한 기회를 통해서도 발견된다. 다른 길을 쫓는 가운데 우연히 그러한 발견에 맞닥뜨리는 경우도 있는 것이다.

판이 음악의 신 아폴론과 누구의 노래가 더 훌륭한지 겨루는 장면은 우리에게 인간의 이성과 판단력을 겸허하게 되돌아볼 소중한 기회를 제공한다. 인간의 이성과 판단력은 본래 스스로를 자랑스럽게 내세우려는 경향이 짙기 때문이다. 세상에는 두 종류의 조화가 있을 수 있다. 하나는 신의 섭리의 조화이고 다른 하나는 인간 이성의 조화이다. 하지만 세계를 주재하고 세상사를 운영하는 일, 그리고 보다 내밀한 신성의 판단은 인간의 귀에 거슬리고 혹은 인간의 판단으로는 냉혹한 것처럼 보인다. 무지한 미다스는 결국 당나귀 귀를 달고 사는 것으로 온당한 대가를 치를 수밖에 없다. 하지만 당나귀 귀를 갖고 있다는 사실은 어디까지나 자신만 아는 극비 사항이다. 미다스의 기형은 속세의 인간들에게 보이지도 관찰되지도 않는다.

에코와 결혼한 것 말고는 판의 사랑이야기가 전해져오지 않는다고 해서 이상해 할 일은 아니다. 자연은 스스로를 즐기고 그 자체 안에서 만물을 즐기기 때문이다. 사랑을 하는 판은 거기에서 기쁨을 느끼고 싶어 하지만 주변에 온통 넘쳐나는 기쁨에 더 이상 무언가를 바랄 여지가 없다. 따라서 스스로에 만족하는 판은 대화를 하고자 하는 욕망 말고는 아무런 열정도 가지고 있지 않다. 이러한 점은 대화와 관련된 님프 에코에 대한 열정, 혹은 그 열정이 좀 더 정밀해질 경우 글쓰기와 관련된 시링크스에 대한 열정에서 잘 드러난다.[11] 하지만 에코가 판에게 최상의 아내인 것은 그녀가 철학 그 자체에 지나지 않는 존재이기 때문이다. 에코는 판의 말을 메아리로 충실히 되풀이하는, 말하자면 오로지 자연이 명령하는 바를 정확히 옮기는 존재이다. 에코는 점 하나 추가함이 없이 세상을 그대로 반영하고 그 참된 상을 표현하는 존재이다.

또한 판에게 자손이 없다는 점 역시 판, 즉 자연의 완벽성을 지지하는 경향이 있다. 세계는 그 생성을 매개할, 세계 자체와는 무관한 몸체가 필요하기 때문에 하나의 전체로서 홀연히 생성되는 것이 아니라 그 부분들을 통해 생성된다.

마지막으로 판의 딸이라고 그럴 듯하게 사람들 입에 오르내리는 이암베에 대해 이야기해 보자. 이 이야기는 판과 관련된 신화의 부록 역할을 훌륭히 해내지만 언제나 하릴없는 이야기로 세상을 휘젓고 가득 채우는 수다스런 철학의 전형이라 할 만하다. 이런 수다들은 늘 쓸데없고 공허하며 독창성이라고는 눈 씻고 찾아봐도 없는 것들이다. 물론 때때로 기분전환용으로 사람들을 즐겁게 해주기도 하지만 경우에 따라서는 말썽을 일으키고 성가시게 한다.

VII

페르세우스, 전쟁
전쟁에 필요한 준비와 수칙[12]

아들이 없었던 아르고스의 왕 아크리시오스(Akrisios)는 외손자에 의해 살해당한다는 신탁을 받았다. 그래서 딸 다나에(Danae)를 감금시켜놓았으나 제우스가 황금의 비로 변신한 뒤 잠입하여 다나에와 관계를 맺었다. 여기서 때어난 아들이 바로 페르세우스(Perseus)이다. 신탁이 실현될 것을 두려워한 아크리시오스는 두 모자를 큰 궤짝에 넣어 바다에 버렸다.

이 궤짝은 바다를 떠돌던 끝에 에게 해의 세리포스(Serifos) 섬에서 딕튀스(Dictys)라는 어부에게 구조되고, 두 모자는 이 섬에

레옹 프랑스와 코메레의 『다나에와 황금비』(1908)

서 살게 되었다. 세리포스 섬의 왕이자 딕티스의 형인 폴리덱테스
(Polydektes)는 다나에를 연모했는데, 걸림돌인 페르세우스를 멀리
하기 위해 메두사의 목을 가져오라는 무모한 명령을 내렸다.

　페르세우스는 아테나와 헤르메스에게 도움을 받아 아테나의 방
패(아이기스, Aegis), 헤르메스의 날개 달린 샌들(탈라리아, Talaria), 하
데스의 보이지 않는 투구(퀴네에, Kynee)를 가지고, 신들의 도움을
받아 그라이아이(Graeae) 3자매를 협박해서 메두사의 위치를 알아
냈다. 하지만 메두사의 눈을 직접 보면 돌이 되어버리기 때문에 방

패를 거울로 삼아 등을 돌려 메두사를 보고 하르페(Harpe)라는 신검으로 목을 베어 죽였다. 이렇게 메두사의 머리는 베어졌으나 여전히 눈을 보면 돌로 변했다.

메두사의 목을 가지고 돌아오던 중 에티오피아를 지나가다가 그는 바닷가의 사슬에 묶여 있던 안드로메다(Andromeda)를 발견하게 되었다. 이티오피아(지금의 에티오피아가 아님)의 국왕 케페우스(Cepheus)와 왕비 카시오페이아(Cassiopeia)의 딸이었다. 카시오페이아는 자신의 미모를 바다의 요정 네레이드들(Nereides)과 견주어 뽐내다가 포세이돈의 노여움을 샀다. 그래서 그는 나라에 홍수를 일으키고 바다 괴물들을 풀어 사람과 짐승을 죽였다. 그러자 왕은 공주를 괴물에게 제물로 바치라는 신탁에 따라 안드로메다를 해변의 바위에 묶어놓았던 것이다.

페르세우스는 메두사의 목을 이용해 바다 괴물을 물리치고 그녀를 구해낸 뒤 아내로 삼았다. 그녀와의 결혼식 때 원래 약혼자였던 피네우스(Phineus) 일당이 난입해 안드로메다를 내놓으라고 난동을 부렸다. 애초에 그는 안드로메다를 제물로 바치는 데 찬성했던 자였다. 그의 비겁함에 화가 난 페르세우스는 메두사의 머리를 써서 그 일당들을 모두 돌로 만들어 버렸고 결국 피네우스는 구차하게 목숨을 구걸했으나 결국 비굴한 모습 그대로 최후를 맞았다.

페터 루벤스(Peter Paul Rubens)의 『안드로메다를 풀어주는 페르세우스』(1622)

안드로메다를 아내로 맞이한 후, 세리포스 섬으로 돌아온 페르세우스는 어머니를 끊임없이 괴롭힌 폴리덱테스를 찾아가 메두사의 머리를 들이댔다. 폴리덱테스는 그 자리에서 돌로 변했고 동생 딕티스가 세리포스 섬의 새로운 통치자가 되었다. 후에 메두사의 머리는 신들의 무구를 반납하는 과정에서 아테나 여신에게 아이기스와 함께 바쳐졌고 그녀는 그 머리를 방패 가운데에 박아 장식으로 삼았다고 한다.

한편 아크리시오스는 페르세우스의 명성을 듣고 두려워한 나머지 도망쳤고, 페르세우스는 안드로메다를 왕비로 삼아 아르고스와 미케네의 왕이 되었다. 그 후 그는 아크리시오스와 화해하려고 그를 찾아다니다가 아르고스의 라리사(Larissa)에 도착해 원반던지기 경기에 출전하게 되었다. 이때 갑자기 강풍이 불어 페르세우스가 던진 원반이 어떤 노인에 맞아 그 자리에서 즉사했다. 그 노인이 바로 아크리시오스였다. 결국 예언이 적중하고 만 것이다.

**

신화에 따르면 페르세우스는, 서쪽 주민들을 철저히 유린했던 메두사의 머리를 베어오라고 팔라스가 동쪽에서 파견한 인물이다. 메두사(Medusa)는 자신과 눈이 마주치는 모든 존재를 돌로 변하게 하는 무시무시한 괴물이었다. 메두사는 고르곤(Gorgon, 그리스 신화에 등장하는 흉측한 모습의 세 자매로 스텐노Sthenno, 에우리알레Euryale, 메두사를 가리킨다. 머리카락은 뱀이며, 멧돼지의 어금니를 지녔다) 중 하나로 스텐노와 에우리알레는 영원불멸의 존재였지만 메두사만은 사람처럼 언젠가는 죽을 운명을 타고 났다. 크나큰 임무를 지게 된 페르세우스는 메두사와의 싸움을 준비하면서 세 명의 신으로부터 각각 선물을 받았다. 헤르메스는 페르세우스의 신발에 날개를 달아주었고 플루토는 투구를, 팔라스는 방패와 거울 하나씩을 선물했다. 페르세우스는 이렇듯 싸움을 위한 만반의 준비를 갖추었지만 메두사가 있는 곳으로 곧장 달려가지 않고 먼저 고르곤의 이복자매인 그라이아이(Graiae, '노파들'이라는 뜻의 그리스 신화에 나오는 요녀 세 자매. '짓궂은'이라는 뜻의 팜프레도Pamphredo와 '전투를 좋아하는'이라는 뜻의 에니오Enyo, '무서운'이라는 뜻의 데이노Deino 세 자매를 가리킨다. 이들은 고르고(또는 고르곤) 세 자매, 즉 메두사, 스테노, 에우리알레의 언니뻘이다.)를 찾아갔다. 그라이아이는 태어날 때부터 노파처럼 백발을 하고 있었으며 세 자매 통틀어 눈과 이가 하나밖에 없었다. 세 자매는 어쩌다 동굴 밖으로 나올 때는 하나밖에 없는 눈과 이를 서로 번갈아가며 끼워 사용했으며 동굴로 돌아오면 그것들을 빼내 보관했다. 이들로부터 눈과 이를 빌린 페르세우스는 이로써 모든 준비가 끝났다고 생각하고 지체 없이 메두사에게로 쏜살같이 날아갔다. 메두사는 잠에 빠져 있었다. 하지만 메두사가 깨어나 자신과 눈이 마주칠 위험을 감수할 수는 없는 노릇이었다. 페르세우스는 머리를 엇비스듬히 돌린 뒤 팔라스의 거울을 통해 메두사를 바라보며 그녀의 목을 겨눠 단칼에 베었다. 메두사의 목에서 피가 솟구치자 그 피로부터 순식간에 페가수스가 태어나더니 하늘을 향해 날아갔다. 페르세우스는 메두사의 머리를 수습해 팔라스 아테나의 방패에 가져다 붙였다. 이후 이 방패는 그것을 본 사람들을 놀라 얼어붙게 만드는 신묘한 능력을 보유하게 되었다.

팔라스 아테나의 방패에 새겨진 메두사의 머리

이 신화는 어떠한 전쟁을 결정하고 개시하고 수행하는 현명한 방법을 보여주기 위해 꾸며낸 이야기로 보인다. 따라서 신화는 세 가지 전쟁 수칙을 그것들이 마치 팔라스의 수칙인 것처럼 제시하고 있다.

첫째 군주는 영토를 확장하려 할 때 이웃 나라를 침범하는 데 지나치게 노심초사해서는 안 된다는 것이다. 하나의 제국을 확장하는 방식은 개인이 토지를 늘리는 것과는 사뭇 다르기 때문이다. 사유지를 늘릴 때는 마땅히 인접성 혹은 근접성이 고려되어야 할 것이다. 하지만 제국을 확장할 경우 인접성 대신에 전쟁을 개시할 시기와 그 용이성, 그것이 가져다줄 이익을 따져보는 게 우선이다. 로마인들은 서쪽으로 겨우 리구리아(Liguria, 이탈리아 서북부의 주) 지역 너머로 세력을 확장했을 시기에 동쪽으로 저 멀리 토로스 산맥(Mount Taurus, 터키 남부의 지중해 연안을 동서쪽으로 뻗은 산맥) 주변 지방들을 무력으로 진압했다. 그렇듯 페르세우스는 동쪽에서 서쪽 맨 끝에 이르는 매우 먼 원정을 기꺼이 떠맡았다.

두 번째 수칙은 전쟁의 명분은 정당하고 명예로워야 한다는 것이다. 이는 병사들 못지않게 전쟁 물자를 조달해야 하는 국민들의 사기도 북돋을 뿐 아니라 주변의 지원과 동맹을 이끌어내고 수많은 편익을 가져다준다. 그리고 학정(虐政)을 진압하는 것만큼 정당하고 훌륭한 전쟁의 명분도 없다. 사람들이 메두사를 바라보는 순간 그렇게 되듯 학정은 국민들에게서 생명과 활력을 빼앗아 그들을 얼어붙게 만든다.

마지막으로 전쟁을 상징하는 고르곤은 세 자매였지만 페르세우스는 이들 중 생명을 빼앗을 수 있는 메두사를 원정의 제물로 골랐다. 이것이 세 번째 전쟁 수칙이다. 전쟁에는 여러 종류가 있지만 광대하고 무한한 희망을 좇지 않고도 일정한 결과를 얻어낼 수 있는 그런 전쟁만을 수행해야 한다는 것이다.

또한 임무를 수행하기 위한 페르세우스의 사전 준비는 매우 적절했고 어떤 의미에서는 성공을 보장하고 있었다. 그는 헤르메스에게서 신속성을 선물 받았고 플루토에게서는 은신술을, 팔라스에게서는 통찰력을 선물 받았다. 그 또한 훌륭한 비유를 담고 있다. 헤르메스는 그의 어깨가 아닌 신발에 날개를 달아주었다. 신속함은 전쟁의 최초 준비 단계에서 필요하다기보다는 준비 단계 이후에 후속으로 발생하는 여러 문제들을 해결하는 데 필요하기 때문이다.

준비를 서둘렀던 나머지 나중에 원군이나 군수물자를 기다리는 일은 전쟁 중에 가장 흔히 일어나는 실수이다.

사람들 눈에 보이지 않게 몸을 숨길 수 있도록 해주는 플루토의 투구는 그 자체로서 충분히 명백한 비유다. 하지만 방패와 거울에 숨겨진 수수께끼는 더 깊은 비밀을 담고 있다. 그것은 자신을 방어하기 위해서는 방패가 상징하는 세심한 경계심뿐 아니라 팔라스의 거울이 의미하듯이 적의 힘과 동작, 비밀스런 의중이나 계획을 꿰뚫어볼 수 있는 통찰력 또한 필요하다는 사실을 보여준다.

이로써 페르세우스의 전쟁 준비는 완벽에 가까운 듯 보일지 모르지만 여전히 무엇보다 중요한 한 가지가 남아 있다. 전쟁을 개시하기 전 그에게는 그라이아이의 조언이 필요했다. 그라이아이는 반란과 배신의 상징이었다. 말하자면 전쟁을 대표하는 고르곤의 이복언니들이지만 타락한 존재였다. 전쟁은 나름 관대하고 고결한 측면이 있는 반면에 반란은 야비하고 비열하기 때문이다. 그라이아이는 마치 노파처럼 백발을 하고 태어난 존재로 품위 있게 묘사되고 있다. 하지만 그들의 백발은 반역자들에게 끊임없이 따라붙는 경계심과 두려움과 전전긍긍하는 심리 상태를 상징한다. 또한 그들의 힘은 반란으로 공공연히 폭발해 나오기 전에는 눈이나 이빨 그 어느 한쪽에 실려 있다. 어떤 나라에서 소외당한 당파라면 경계의 눈초리를 번뜩이며 언제든 물어뜯을 태세를 갖추고 있기 마련이다. 말하자면 이 눈과 이빨은 모든 불평분자들에게 공유된다. 그들이 무엇을 깨우치고 무엇을 알든 그것은 한 사람에게서 다른 사람에게로 옮겨지기 때문이다. 또한 이빨과 관련해서는, 모든 치아가 한 몸처럼 달려들어 물어뜯고 하나의 목구멍으로 이어져 한목소리로 으르렁거린다. 그래서 각기의 이빨은 개별적으로 다수를 표현한다.

따라서 페르세우스로서는 그라이아이 세 자매를 제압해서 그들의 눈과 이빨을 빌려야 했다. 눈은 어떤 징조를 그에게 알려주고 무언가를 찾을 때도 요긴하게 쓰일 터였다. 한편 이빨은 사람들 사이에 소문을 퍼뜨리고 시기심을 불러일으키며 그들을 선동하는 데 필요했다. 이 모든 것들이 준비된 후에야 비로소 전쟁을 실제 행동으로 옮기게 된다.

페르세우스는 잠들어 있는 메두사를 발견한다. 신중한 사람이라면 전투를 개시할 때 대체로 방심한 채 무방비상태에 있는 적을 급습한다. 이제 팔라스의 거울이 등장할 때다. 위험이 닥치기 전에 적의 동태를 정확히 살피는 일은 상식에 가깝다. 하지만 위험이 눈앞에 닥친 경우 거울의 주요 용도는, 페르세우스가 얼굴을 모로 돌려 거울을 통해 적을 바라본 것처럼 그 위험의 유형을 알아내 돌발 상황이나 충격을 사전에 차단하는 것이다.[13]

적국을 정복한 데 따른 효과는 두 가지이다. 페가수스가 태어나 하늘로 날아가는 상황이다. 이는 명백히, 전승 소식을 만방에 선포하면서 널리 퍼져나가는 명성을 상징한다. 또 하나는 메두사의 잘린 머리를 방패에 수습하는 상황이다. 이는 하나의 기념비적인 대규모 원정이 성공적으로 완수된 상황에서 적의 모든 활동과 기도에 족쇄를 채우고 불만을 잠재우며 온갖 소동을 가라앉히는 가장 적절한 방어막이자 안전장치이다.

VIII

~~~~~~ ❧ ~~~~~~

엔디미온, 총애 받는 자

궁정의 총아

엔디미온(Endymion)의 출신에 대해서는 자료
마다 다르다. 미남의 목동이었다는 이야기가 널리 알려져 있지만,
사냥꾼이었다는 이야기도 있으며, 원래 소아시아(Minor Asia, 터키)
엘리스(Elis)의 왕이었다는 설도 있다.

어떤 전설에 따르면, 제우스가 엔디미온에게 원하는 것을 들어주
겠다고 했는데, 이때 엔디미온은 영원한 젊음을 간직하려고 영원한
잠을 택했다고 한다. 또 다른 전설에 따르면, 그가 감히 제우스의
아내인 헤라와 사랑에 빠졌기 때문에 제우스로부터 영원한 잠이라

이탈리아 바로크 시대 화가 피에르 F. 몰라(Pier Francesco Mola)의 『디아나와 엔디미온』(1660)

는 형벌을 받았다고 한다.

또 다른 이야기도 있다. 목동인 그는 달의 여신 셀레네(로마 신화의 디아나, 영어로 다이아나)에게 사랑을 받았으며, 매일 밤 그가 잠들었을 때는 셀레네가 그와 양들을 지켜주었다고 한다. 셀레네는 제우스에게 부탁해서 그의 아름다움을 유지하기 위해 영원히 깨어나지 않는 잠을 선물했다. 셀레네가 누구의 방해도 받지 않고 엔디미온의 아름다움을 즐기려고 그를 잠들게 했다는 설도 있다. 그녀는 소아시아 카리아(Caria)의 라트무스 산(Mount Latmus)에서 자고 있는 그를 찾았으며, 그의 딸을 50명이나 낳았다고 한다.

영국 낭만주의 시인 존 키츠(John Keats)는 「엔디미온」(Endymion, 1818)이라는 시에서 엔디미온을 달의 여신의 연인인 목동으로 그리고 있다. "아름다운 것은 영원한 기쁨"(A thing of beauty is a joy forever)이라는 이 시의 첫 구절은 아주 유명하다.

***

달의 여신 루나는 양치기 엔디미온과 사랑에 빠져 그녀만의 새롭고 독특한 방식으로 자신의 사랑을 불태웠다. 루나는 습관처럼 자기 영역을 벗어나 라트무스 산(Mount Latmus) 아래 엔디미온이 태어난 동굴로 찾아가 잠들어 있는 그와 사랑을 나눈 뒤 다시 천계로 올라오곤 했다. 엔디미온이 죽은 듯 잠자고 있는 동안에도 그의 재산에는 아무런 피해도 없었다. 여신이 양떼들을 잘 보살핀 덕에 다른 양치기들이 따라올 수 없을 정도로 양의 숫자가 오히려 엄청나게 불어났기 때문이다.

이 신화는, 세심하고 의심이 많아서, 자기 주변에 캐묻기 좋아하고 호기심 많은, 말하자면 잠들지 않는 사람들을 쉽사리 들이지 않는 군주들의 기질과 성향에 관해 묘사하고 있는 듯하다. 군주들은 오히려 태평스럽고 편안한 성격의 소유자들을 주변에 두고 싶어 한다. 그런 이들은 매사에 기꺼이 군주의 기분에 맞춰 행동하고 그 밖의 일에는 아무런 관심도 갖지 않는다. 말하자면 그들은 무지하고 무감각한 자들로 군주들 앞에서 마치 잠이라도 든 듯 잠잠하다.[14] 군주들은 그런 자들을 스스럼없이 대하는 게 보통이다. 루나처럼 권좌를 떠나 그들에게 속마음을 털어놓아도 안전하다고 생각한다. 이러한 기질을 매우 뚜렷하게 보여주는 인물이 티베리우스(Tiberius, 기원전 42~서기 37년, 로마제국 제2대 황제(재위 AD 14~37). 아우구스투스 황제의 정복사업을 도왔고, 즉위 후에는, 공화정치의 전통을 존중하여 제국을 잘 통치하다가 후에 공포정치를 자행했다)이다. 그는 기분을 맞춰주기 무척 어려운 군주였다. 따라서 그의 곁에는 총신(寵臣)이라 할 만한 사람이 없는 대신에, 그가 어떤 사람인지 완벽히 이해하고 자신들의 지식을 철저히 숨기면서 바보처럼 보이기를 원하는 사람들로 채워졌다.

동굴은 신화에서 단골 소재다. 군주의 총신들이 쾌적한 별장을 갖는 것은 흔한 일이었다. 그들은 그곳으로 휴식이 필요한 군주를 초대한다. 그렇다고 그들의 재산이 축나는 것도 아니다. 이들 총신들은 통상 자기 앞가림을 잘 하는 자들이다.

아마도 그들의 군주는 단순히 어떤 편의만이 아니라 진정한 애정을 갖고 그들의 자존감을 살펴주지는 않겠지만 그들은 대체로 군주의 은덕에 힘입어 자신들이 풍요를 누리고 있음을 느낀다.

IX

페메, 거인들의 여동생

대중들의 험담

페메(Pheme, 영어로는 Fame)는 그리스 신화에 나오는 실질적인 여신이 아니라 소문 (fame)이나 명성을 의인화한 여신으로, 좋은 소문을 좋아하고 나쁜 소문에 분노한다. 가이아 또는 엘피스(Elpis, '희망'이라는 뜻)의 딸로 알려져 있다. 이밖에 "대화를 시작하고 발전시키는 여성"으로 묘사되어 있으며, 아테네에 성전도 있었다. 페메는 신들과 인간의 다양한 일들을 들여다보고 들은 것을 처음에는 속삭임에서 점차적으로 큰 소리로 말하고 모두가 알 때까지 그것을 반복한다. 또 지붕에 앉아 옳든 그르든 가리지 않고 무분별하게 말하며, 예술작품에서는 항상 날개 달린 모습으로 트럼

《드레스덴 미술대학교》 지붕에 있는 페메의 금동상

펫을 불고 있다.

로마 신화에서는 파마(Fama, '소문'이라는 뜻)에 해당한다. 베르길리우스에 따르면, 그녀는 여러 개의 눈과 귀와 혀 그리고 날개를 지녔다고 한다. 또 오비디우스에 따르면, 그녀의 궁전은 세상의 중심에서 가장 꼭대기에 자리 잡고 있으며, 1,000개의 창문과 문이 있고 항상 열려있다고 한다. 그래서 세상에서 이야기되는 것들을 모두 듣는 것으로 알려졌다.

***

시인들은 대지에서 태어난 거인들이 유피테르와 다른 신들에게 싸움을 걸었다가 벼락을 맞아 죽었다고 말한다. 이에 격분한 대지는 거인 아들들의 죽음에 대한 복수로 그들의 막내 여동생 페메를 낳는다.

이 신화의 의미는 이런 게 아닐까 싶다. 대지는 평민들의 속성을 상징한다. 늘 불만에 가득 차 있는 그들은 지배자들에 반기를 들어 무언가 변화를 불러일으키고자 한다. 이러한 성향이 적절한 기회를 만나면 반란과 모반을 키운다. 반란자들은 충동적인 분노에 가득 찬 채 군주를 타도해 파멸로 몰아가려고 위협하고 획책한다.

　이러한 기도가 억압당하거나 진압당한 경우, 평온한 상태를 견디지 못하고 좌불안석하는 민중들의 비열한 성향은 권력을 쥔 자들을 비방하는 온갖 소문과 험담과 중상모략을 만들어내 퍼뜨린다. 반역적인 행동과 선동적인 소문은 그 기원이나 근원에서 다른 게 아니라 말하자면 그 성별에서 다를 뿐이다. 반역과 반란이 형제들 몫이라면 추문이나 험담은 여동생 몫이다.

X

악타이온과 펜테우스, 호기심 많은 사람들

호기심 혹은 군주의 비밀과 신성한 수수께끼 엿보기

테베를 만든 카드모스 왕과 왕비 하르모니에 사이에서 난 딸 아우토노에(Autonoe)의 아들인 악타이온(Actaeon, Acteon 악티온)은 유명한 켄타우로스족의 현자 키론(Chiron)에게 가르침을 받기도 했다.

어느 날 키타이론(Cithaeron) 산의 숲속에서 개들을 데리고 사냥을 하다가 우연히 근처 개울가에서 아르테미스가 요정들과 함께 목욕을 하고 있는 모습을 보게 되었다. 깜짝 놀란 악타이온은 뒤로 물러나다 그만 아르테미스에게 들키고 말았다. 그녀는 자신의 알

티치아노 作 「악타이온의 죽음」(1562)

몸을 본 악타이온에게 물을 뿌려 사슴으로 만들어버렸다. 그러자 악타이온이 데리고 온 사냥개들이 주인을 알아보지 못하고 사냥감인 줄 알고 달려들었다. 자기의 사냥개들을 피해 달아나다 지친 악타이온은 결국 붙잡혀 갈기갈기 찢겨졌다. 졸지에 그는 비참한 최후를 맞고 말았던 것이다.

펜테우스(Pentheus)는 테베(Thebe, 테바이)의 왕 카드모스의 외손자이자, 스파르타의 에키온(Echion)과 카드모스의 딸 아가베(Agave, '빛나는'이라는 뜻) 사이의 아들이었다. 그는 고대 그리스의 3대 비극 시인 중 한 명인 에우리피데스(Euripides)의 비극 『바코스 여신도들』(Bakchae)에 나오는 인물로 알려져 있다. 펜테우스라는 이름은 '사랑하는 사람의 죽음으로 인한 슬픔'을 뜻하는 pénthos에서 비롯되었기 때문에 그의 비극적 운명을 암시하고 있었다.

카드모스는 너무 나이가 들자 외손자 펜테우스에게 자리를 넘겨주었다. 펜테우스는 이모 세멜레의 아들이기도 한 디오니소스 신의 숭배가 온 나라에 만연하자 이를 금지시키고, 이모들에게는 의식에 참석하지 못하도록 했다. 이에 화가 난 디오니소스는 펜테우스의 어머니인 아가베와 이모인 이노(Ino), 아우토노에(Autonoë, 악타이온의 어머니) 그리고 모든 테베의 여인들과 함께 술에 취해 키타이론 산(디오니소스를 모시는 산이며 악타이온도 여기서 죽었다)으로 달려가도록 했다. 그리고 펜테우스를 유혹해 그곳에서 거행되는 음주의식을 엿보도록 했다.

오비디우스의 버전은 에우리피데스의 이야기와 약간 다르다. 『변신이야기』에 따르면, 발작한 어머니와 이모들이 펜테우스를 발견하고 멧돼지로 여긴 나머지 지팡이로 내리쳤고 이모들이 그의 사지

마이나드들에게 사지가 찢기는 펜테우스 (폼페이 베티 저택의 벽화, 1세기 경)

를 갈기갈기 찢어버렸다고 한다. 또 다른 이야기에서는 펜테우스
가 디오니소스를 신봉하는 여신도 마이나드들(Maenades, 단수는
Maenad, '광란의 여자들'이라는 뜻. 로마 신화에서는 Bacchante, 복수는
Bacchantes)에게 발견되어 사지가 갈가리 찢겨 죽었다고도 한다.

***

고대인들은, 비밀창고에 들어가서 분별없이 비밀들을 찾아내고자 안달이 난 인류의 주제넘은 호기심을 억누르기 위해 두 가지 사례를 우리에게 보여준다. 그 하나는 악타이온이란 사람의 사례이고 다른 하나는 펜테우스의 사례이다. 어쩌다 무심코 아르테미스의 벌거벗은 몸을 보게 된 악타이온은 사슴으로 변해 자신이 데리고 다니던 사냥개들에게 갈가리 찢겨 죽었다. 한편 디오니소스의 신성한 의식에 숨겨진 비밀을 엿보려고 나무에 기어올랐던 펜테우스는 그 현장을 보고 광분했다. 광분에 빠진 펜테우스에게 사물들 특히 태양과 자신의 도시 테베(Thebes, 고대 그리스 보이오티아의 도시국가로 그리스 신화의 주요 배경이다)가 둘로 겹쳐 보이는 일이 벌어진다. 도시로 달려간 펜테우스는 거기에서 또 하나의 테베가 있음을 직접 목격한다. 그는 자신이 다스려야 할 곳을 어느 한쪽으로 정하지 못하고 두 테베 사이에서 끊임없이 갈팡질팡하게 된다.

　　첫 번째 신화는 군주의 비밀과 관련한 이야기인 듯하고 두 번째 신화는 신성한 수수께끼에 관해 말하고 있는 듯하다. 한 군주와 친숙하지 않으면서도 어쩌다 그의 비밀을 알게 된 사람들은 불가피하게 군주의 심기를 건드린다. 결국 요주의 인물로 낙인찍혀 일거수일투족 감시당하고 있음을 깨달은 그들은 스스로 두려움과 경계심으로 가득 찬 한 마리 사슴의 삶을 살게 된다. 이런 경우 군주의 환심을 사기 위해 그들의 시종들이 앞장서 그들을 고발하고 그들의 파멸을 도모하는 경우도 허다하다. 왕이 뭔가 불편한 심기를 드러낼 때마다 그 심기를 건드린 사람은 하인들이 자신을 배신해서 악타이온의 사냥개들처럼 물어뜯을 수도 있음을 예상해야 한다.

펜테우스가 받은 벌은 이와는 종류가 좀 다르다. 자신의 생명이 유한하다는 사실을 망각한 채 펜테우스가 나무에 기어오르듯 자연과 철학의 높은 경지에 올라 무모하게 신들의 비밀을 캐내고자 열망하는 자들은 영원히 우유부단하고 곤혹스럽고 불안정한 판단밖에 내리지 못하는 운명에 처한다. 한쪽에 자연의 빛이 있으면 다른 한쪽에는 신성한 빛이 있으니, 결국 그들은 두 개의 태양을 볼 수밖에 없는 것이다. 삶의 행동과 의지의 결단은 무언가에 대한 이해에 바탕을 두고 있기 때문에 그들은 의지만큼이나 견해를 갖는 데서도 갈팡질팡한다. 따라서 그들의 판단은 마치 테베가 둘로 겹쳐 보이듯이 매우 모순적이고 일관적이지 못하다. 펜테우스의 은신처이자 거처인 테베는 여기에서 결국 행동의 종말을 의미한다. 자신이 가야 할 길을 알지 못하고 여전히 자신의 견해와 계획조차 오리무중인 상황에서 그들은 마음에 갑작스럽게 불어 닥치는 돌풍과 자극에 따라 이리저리 휩쓸릴 뿐이다.

XI

오르페우스, 철학

자연철학과 윤리학에 관하여

리라(Lyra, 하프의 일종)를 켜는 악사이자 시인인 오르페우스(Orpheus)는 태양신 아폴론과 뮤즈 9자매 중 한 명인 칼리오페(Calliope) 사이의 아들로 알려져 있다. 하지만 트라키아의 왕 오이아그로스(Oeagrus)가 아버지라는 설이 더 설득력이 있다. 부모가 모두 신이면 오르페우스도 당연히 신일 것이고 죽지도 않았을 것이기 때문이다.

아폴론에게서 리라 연주법을 배워 달인이 되었는데, 그가 연주할 때면 나무와 돌이 춤추고 맹수나 난폭한 인간도 온순해졌다고 한다.

『오르페우스와 에우리디케』 (페터 루벤스 作, 1636-38)

그는 요정 에우리디케(Eurydice)와 결혼했는데, 어느 날 그녀는 산책을 나갔다가 자신에게 추근대는 양치기 아리스타이오스(Aristaeus)를 피해 달아나다가 독사에 물려 죽고 말았다. 그는 그녀를 구해내려고 지하세계로 내려가 뱃사공 카론 앞에서 리라를 연주해 노를 젓게 하고 수문장인 케르베로스를 리라 연주로 굴복시킨 뒤 하데스를 만나 에우리디케를 풀어줄 것을 간청하며 리라를 연주했다.

그 노래와 연주가 얼마나 아름다웠던지 복수의 여신들조차 눈물을 흘렸으며 하데스와 부인 페르세포네도 감동을 받았다. 페르세포네의 간청에 하데스는 할 수 없이 에우리디케를 조건부로 풀어주었다. 지상으로 나갈 때까지 뒤를 돌아보면 안 된다는 것이었다. 감사 인사를 하고 지상으로 앞장서서 올라가던 오르페우스는 햇빛이 비치자 지상에 도착했다고 방심하여 뒤를 돌아보았다. 그러자 아직 빠져나오지 못한 에우리디케는 안타깝게도 다시 지하세계로 떨어지고 말았다.

할 수 없이 오르페우스는 다시 명계로 내려가 뱃사공 카론에게 한 번 더 태워달라고 부탁했지만 뱃사공 카론은 그를 다시 배에 태워주지 않았다. 결국 혼자 지상으로 나온 오르페우스는 자신의 음악을 듣고 찾아오는 다른 여자들의 구혼을 모두 거절하며 슬픔에 잠겼다가 그만 원한을 사서 죽임을 당하고 시체는 갈기갈기 찢겨 리라와 함께 강에 버려지고 말았다.

다른 설에 따르면, 오르페우스는 여자들의 구혼을 모두 뿌리쳤으며 남자들에게 동성애를 전파하고 다니다가 트라키아에서 디오니소스 의식을 치르던 광란의 여인들에게 습격을 받았는데, 여인들이 던진 창과 돌이 모두 리라 소리에 감동하여 오르페우스 근처에서 떨어지고 말았다. 그러자 여인들은 마구 소리를 질러 음악 소리가 들리지 않게 한 후 그의 사지를 찢고 머리와 리라를 강에 던져버렸다고 한다. 그래서 중세와 근대 유럽에서는 오르페우스의 죽음을 동성애자에게 떨어진 형벌의 사례로 들었다.

오비디우스의 『변신 이야기』 제 10권에서는, 그가 죽은 뒤에는 엘리시움(Elysium, 엘리시온 들판)이라는 낙원에서 에우리디케와 다시 만나 행복하게 살았다고 한다. 그리고 오르페우스의 리라는 뮤즈들이 거두어 하늘의 별자리로 박아 두었는데, 그것이 바로 거문고(Lyra) 자리이다.

***

오르페우스 신화는 진부하고 익숙하지만 지금까지 제대로 해석된 적이 없어서 여전히 보편 철학의 한 화신인 것처럼 받아들여지고 있는 듯하다. 그가 완벽히 신에 접근한 경이로운 인간이기 때문에 그와 관련해 입에 올릴 수 있는 숱한 이야기들이 이런 의미로까지 쉽사리 확대될 수도 있을 것이다. 그는 모든 형태의 조화와 화합에 능하고 그를 뒤따르는 만물을 감미롭고 온화한 질서와 조정을 통해 굴복시키고 매혹시키는 존재로 알려져 있다. 그 위력으로 보나 위엄으로 보나 오르페우스의 과업은 헤라클레스의 과업을 능가한다. 지식이 일궈낸 결과물은 힘으로 이뤄낸 결과물보다 우월하기 때문이다.

오르페우스에게는 사랑하는 아내가 있었다. 그런데 갑작스런 죽음으로 아내를 잃었다. 그는 혹시 자신이 연주하는 하프의 힘으로 아내를 되살릴 수 있지 않을까 하는 생각에 하계(下界)로 내려가기로 작정했다. 그는 하프의 감미로운 선율과 달콤한 목소리로 하계의 신들을 위무하고 달랬다. 결국 하계의 신들은 오르페우스의 뜻대로 아내를 풀어주며 조건을 달았다. 아내는 반드시 오르페우스의 뒤에 서야 하며 오르페우스는 손 없는 날이 될 때까지 아내를 뒤돌아보아서는 안 된다는 조건이었다. 하지만 오르페우스는 뒤따라오는 아내가 자꾸만 걱정되고 아내에 대한 애착이 앞선 데다 스스로 위험을 벗어났다고 판단한 나머지 조급하게 뒤를 돌아보고야 말았다. 신들이 내건 조건을 어긴 것이다. 결국 오르페우스의 아내는 다시 플루토의 하계로 떨어지고 말았다.

이후 오르페우스는 점차 슬픔에 빠져들고 남녀 간의 성관계를 혐오하면서 외딴 곳에 혼자 살게 되었다. 그의 하프 연주와 목소리는 여전히 감미로워서 주변의 온갖 맹수들을 매혹시켰다. 맹수들은 고유한 본성을 내던지고 앙갚음, 잔혹성, 욕망, 배고픔도 내려놓은 채, 그러니까 사냥감을 쫓는 일도 잊은 채 마치 길들여진 듯 온순하게 주변을 응시하며 오르페우스의 음악에 조용히 귀를 기울였다. 하지만 그게 전부가 아니었다. 그의 화음이 갖는 힘과 효과가 얼마나 대단했던지 주변의 나무와 돌들까지도 마치 늘 그래왔다는 듯 그의 주변으로 모여들었다.

그가 한동안 주변의 경탄을 받으며 음악에 빠져 살던 어느 날 디오니소스의 부추김을 받은 트리키아 여자들이 귀에 거슬리는 낮은 톤의 뿔나팔을 난폭하게 불어대자 오르페우스의 노래가 그 소리에 완전히 파묻혀버렸다. 그러자 여태껏 숲속 세계를 하나로 연결하며 만물에 질서를 불어넣던 힘이 와르르 무너지며 다시금 혼란이 찾아왔다. 모든 생물들이 저마다 제 본성을 되찾으면서 이전처럼 숲속 식구들을 뒤쫓아 사냥하기 시작했다. 바위와 나무들 역시 이전의 제 자리를 찾아 돌아갔다. 이미 이성을 잃은 여자들은 미쳐 날뛰며 오르페우스를 갈기갈기 찢어 그의 사지를 사막 이곳저곳에 내던져버렸다. 하지만 뮤즈의 여신들에 바쳐진 헬리콘 강(River Helicon)은 오르페우스의 죽음을 슬퍼하며 복수를 다짐했다. 헬리콘 강은 흐르던 물을 땅 아래로 숨겨 다른 곳에서 다시 솟아나도록 했다.

오르페우스 신화는 다음과 같이 해석된다. 오르페우스의 음악은 두 종류다. 하나는 하계(下界)의 신들을 달래고 다른 하나는 맹수와 나무들을 모두 매혹시킨다. 전자는 자연철학, 후자는 윤리학, 혹은 시민사회와 연관되어 있다. 부패하고 타락할 수 있는 것들을 제자리에 복원하고 회복시키는 것은 자연철학의 가장 고결한 작업이다. 그보다 덜하지만 육체를 제 상태로 보전하고 그 소멸과 부패를 방지하는 것 역시 마찬가지다. 그리고 이것이 가능하다면 그것을 이루는 데는 예컨대 하프의 화음과 정교한 연주처럼 자연의 온도를 적절하고도 정교하게 조절하는 것만큼 효과적인 방법도 분명

없다. 하지만 이 일이 지극히 어렵기 때문에 그 목적을 달성할 가능성은 희박하다. 거기에는 별스럽고 난데없는 조급함과 애착 말고는 다른 원인이 작용했을 것으로 보기 힘들다.

철학이 그 과제를 감당하기 힘들기 때문에 슬픔에 잠길 수밖에 없고, 따라서 하는 수없이 인간사로 관심을 돌리게 된다. 철학은 웅변과 설득이라는 수단을 동원해 인간의 마음에 덕성과 공평과 평화에 대한 사랑을 서서히 불어넣는다. 철학은 인간을 사회집단으로 끌어내 법과 규제 하에 둔다. 결국 인간은 규율에 귀를 기울이고 훈육에 길들여지면서 통제 불능의 격정과 애착을 잃어간다. 그리고 이내 스스로 부락을 이루고 도시를 세우며 땅을 개간하고 과수를 재배하고 정원을 꾸민다. 이는 나무와 돌들을 이동시켜 한곳에 불러 모으는 과정에 다름 아니라 할 만하다.

시민사회에 대한 이러한 관심은 당연히 유한한 인간 육체를 되살리려는 부단한 시도 끝에 나타난다. 그러한 시도가 끝내 좌절되는 것은 인간 앞에 명백히 가로놓인 죽음의 불가피성 때문이다. 결국 철학은 영속성, 덕성, 명성과 같은 것을 추구함으로써 또 다른 의미에서의 영원불멸을 추구할 수밖에 없다.

이후 오르페우스가 여성과 부부 관계를 혐오하게 되는 것도 적절한 설정이다. 결혼 생활에 대한 탐닉, 남성들이 자식들에게 가지는 자연스런 애착으로 인해 남자들이 공공선을 위한 거창하고도 고결하고 가치 있는 일에 가담하지 못하는 경우를 우리는 주변에서 흔히 볼 수 있다. 말하자면 그 경우 남자들은 어떤 원대한 행위에 몸담지 않아도 자손들을 낳는 일만으로도 충분히 영원불멸의 존재가 될 수 있다고 생각한다.

　인간의 지식이 낳은 작품도, 물론 인간의 작품 중에서 가장 훌륭한 것이기는 하지만 역시 유통기한을 갖는다. 왕국 혹은 국가는 한동안 번성하다가도 무언가를 놓고 혼란과 소요와 전쟁에 휩싸이기 마련이다. 이에 대해 우선 법이 침묵한다. 법의 목소리는 어디에도 없다. 이에 인간은 자신의 타락한 본성으로 되돌아간다. 개간된 땅과 도시는 이내 황무지, 불모지로 변한다. 그리고 이러한 무질서가 계속되면 지식과 철학은 영락없이 갈기갈기 찢기고 만다. 이후 몇몇 조각난 파편들이 간혹 난파된 배의 널빤지처럼 흩어진 채 발견될 뿐이다. 야만의 시대가 계속되면서 헬리콘 강은 땅 아래로 깊숙이 몸을 숨긴다. 학문이 매장되는 것이다. 이후 마땅히 거쳐야 할 변화의 과정을 거친 뒤 지식이 다시 꿈틀대며 고개를 든다. 물론 원래의 그 자리에서 학문이 부활하는 일은 드물다. 학문이 부활하는 것은 대체로 다른 자리에서다.[15]

XII

~~~~~

카일루스, 시초
만물의 창조 혹은 기원에 관하여

카일루스(Caelus)라는 이름은 '하늘'을 뜻하는
라틴어 카일룸(Caelum)에서 비롯되었으며, 로마 신화에서 하늘 혹
은 천국을 관장하는 가장 근원적이고 최고의 권위를 지닌 신으로
모셔졌다. 그리스 신화의 우라노스(Uranos)에 해당한다.

그리스 신화의 우라노스와 마찬가지로 로마 신화에서 카일루스
는 대지의 여신 테라(Terra, 그리스 신화의 가이아) 사이에서 여러 신
들을 낳은 아버지로 등장한다. 교역의 신 메르쿠리우스(Mercurius,
그리스 신화의 헤르메스), 시작과 끝을 상징하는 문의 신 야누스

하늘의 신 카일루스

(Janus), 농업의 신 사투르누스(Saturnus, 그리스 신화의 크로노스),
대지의 여신 옵스(Ops), 하늘의 신 유피테르(Juppiter, 그리스 신화
의 제우스), 학문과 예술의 여신들인 뮤즈(Muse) 등이 모두 그의 자
식들이라고 전해진다. 때로는 주신(主神) 유피테르와 동일시되기도
했다.

그러면 '제3장 키클로페스 편'에서 간단히 설명했지만, 여기서는
아래 본문에 나오는 로마 신화 버전의 두 차례 전쟁을 그리스 신화
버전으로 좀 더 상세히 알아보도록 하자.

최초의 하늘의 신 우라노스(Uranus)와 대지의 여신이자 지모신

아버지 우라노스의 성기를 하르페로 자르는 크로노스

(地母神) 가이아(Gaia) 사이에 티탄족이라는 거신(巨神)들이 태어났다. 하지만 가이아가 키클로프스, 헤카톤케이르 등 끔찍한 자식들을 낳자 이들을 타르타로스에 가둬버렸다. 이때부터 우라노스와 가이아와의 사이가 벌어지고, 가이아는 막내아들 크로노스(Cronus)를 사주했다. 마침내 하르페(harpe) 혹은 스퀴테(scythe, 영어로는 사이드)라 불리는 낫으로 우라노스의 성기를 잘라 죽인 크로노스는 신들의 왕이 되었다.

하지만 크로노스는 자녀들 중에 자신을 죽일 신이 나타난다는 신탁을 가이아로부터 들었다. 그래서 크로노스는 아내인 레아(Rhea, 로마 신화의 케벨레)가 낳은 자식들을 낳자마자 바로 삼켜 버렸다. 레아는 자식들을 낳자마자 모두 잃자 가이아의 조언대로 막내인 제우스를 낳은 후 제우스 대신 돌멩이를 강보에 싸서 크로노스에게 주었다. 가까스로 살아남은 제우스는 크레타 섬의 이데 산에 있는 동굴로 숨겨지고, 요정 아말테이아(Amaltheia)의 보살핌을 받으며 염소의 젖과 꿀을 먹으며 자랐다.

그러면 앞에서 잠깐 소개했지만 여기서 다시 '티타노마키아'와 '기간토마키아'에 대해 좀 더 상세히 설명해보도록 하자.

| 티타노마키아 – 티탄신과 올림포스신의 전쟁

성인이 된 제우스는 아버지 크로노스로부터 우주의 지배권을 빼앗기로 작정하고 지혜의 여신 메티스에게서 약을 얻어 크로노스에게 먹였다. 약을 먹은 크로노스는 삼켰던 자식들을 토해냈고, 제우스는 이 형제들을 모아 크로노스의 티탄족과 전쟁을 벌인다. 이를 티타노마키아(Titanomachia)라고 한다. 이때 프로메테우스(Prometheus)와 레아는 비록 티탄족이었지만 제우스의 편을 들었다.

전쟁은 거의 10년 동안 계속되었고 여간해서는 끝날 것 같지 않았다. 이때 제우스는 가이아의 조언을 받아들여 타르타로스에 갇혀 있는 키클로프스들과 헤카톤케이레스(Hecatoncheires)를 구해내 자기 편으로 끌어들였다. 이들은 제우스의 삼촌뻘들인데, 흉하게 생긴데다가 천더꾸러기라서 크로노스가 타르타로스에 가둬놓았었다.

외눈박이 괴물인 키클로프스들, 즉 키클로페스는 브론테스(Brontes, 천둥), 스테로페스(Steropes, 번개), 아르게스(Arges, 벼락) 삼형제이다. 이들은 대장장이들이라 올림포스 신들에게 무기를 만들어 주었는데, 제우스에게는 번개인(Astrope), 포세이돈에게 삼지창인 트리아이나(Triaina), 하데스에게는 머리에 쓰면 보이지 않는 투구 키네에(Kynee)를 선물했다.

헤카톤케이레스는 '100'이라는 뜻의 헤카톤과 '손'이라는 뜻의 케이레의 합성어로 코토스(Cottos), 브리아레오스(Briareos), 기에스(Gyes) 삼형제였다. 더구나 이들은 어깨에 머리가 50개나 달려있다. 키클로페스와 헤카톤케이레스의 도움을 받은 제우스 형제들은 마침내 티탄신들을 물리치고 그들을 타르타로스에 가뒀다. 전쟁이 끝난 후 키클로페스는 제우스의 곁에서 제우스를 도왔고, 헤카톤케이레스는 타르타로스로 내려가 지옥을 지키게 되었다

| 기간토마키아 – 올림포스신과 기간테스의 전쟁

제우스가 자신의 아버지인 크로노스와 그의 형제들인 티탄들과의 전쟁에서 승리하여 지배하게 된 세계는 더 이상 카오스(chaos), 즉 혼돈의 세계가 아니었다. 하늘과 땅, 강과 바다가 모두 제자리를 잡은 안정된 세계, 즉 코스모스(cosmos)였다. 하지만 우주의 지배권

을 확실히 하기 위해서 제우스에게 아직 넘어야 할 고비가 남아 있었다. 제우스가 티탄들을 타르타로스에 가두자 가이아는 몹시 불쾌했다. 비록 크로노스의 만행이 괘씸하여 제우스를 도왔지만 제 자식들이 영원히 지하에 갇히는 것은 원치 않았다.

그래서 가이아는 우라노스의 성기에서 흘린 피가 대지에 흘러들어 생겨난 또 다른 자식들, 즉 기가스(Gigas, '가이아의 자식'이란 뜻으로, 복수는 기간테스Gigantes. 대개 20명에서 100명으로, 에우리메돈Eurymedon이 왕이라고 전해진다)들을 동원하여 제우스의 형

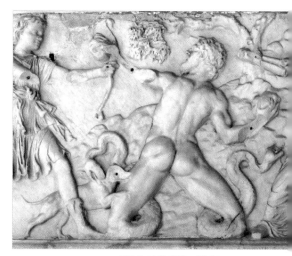

아르테미스와 싸우는 기간테스

제들과 전쟁을 벌였다. 이것이 바로 기간토마키아(Gigantomachia)이다. '10억'을 뜻하는 접두어 기가(giga)와 '거인'이라는 뜻의 자이언트(giant)도 바로 여기서 비롯되었다.

거안족 기간테스는 대개 상반신은 인간이고 하반신은 두 마리

뱀의 형상을 띠고 있다. 이들은 불사의 몸은 아니었지만, 힘이 엄청나게 산을 들어 올릴 수 있고 키가 커서 일어서면 머리가 하늘에 닿고 깊은 바다에 들어서도 겨우 허리가 잠길 뿐이었다.

하지만 제우스는 기간테스가 신에 의해 멸망하지 않고 반드시 인간의 영웅이 물리쳐야 한다는 예언을 알고 있었기 때문에 자신과 알크메네(Alcmeme)의 사이에서 태어난 헤라클레스(Hercules)를 전쟁에 끌어들였다. 결국 이 전쟁은 올림포스 신들의 승리로 끝나고 제우스는 다시 우주를 장악하게 되었다. 이는 선주민(구세대)에 대한 이주민(신세대)의 역사적 승리를 신화화한 것으로 볼 수 있다.

**

시인들은 카일루스(그리스 신화의 우라노스에 해당함)가 모든 신들 중에서 가장 오래된 신이라고 말한다. 카일루스는 아들 사투르누스(Saturnus, 농업의 신으로 유피테르 이전 황금시대의 주신主神이다. 그리스 신화의 크로노스Cronos에 해당함)한테 생식기를 잘려버렸다. 사투르누스는 슬하에 수많은 자식을 두었지만 태어나자마자 모두 먹어치웠다. 아버지에게 잡아먹힐 운명에서 가까스로 벗어난 유피테르는 장성하자 아버지 사투르누스를 타르타로스(극한 지옥)로 몰아넣고 왕국을 빼앗은 다음, 아버지가 할아버지 카일루스의 생식기를 잘랐던 바로 그 낫으로 아버지의 생식기를 잘라 바다에 던져버렸다. 그러자 바다의 거품 속에서 베누스(Venus, 그리스 신화의 아프로디테)가 탄생했다.

유피테르는 자신의 제국을 제대로 세우기 전에 두 차례 기념비적인 전쟁을 치렀다. 첫 번째 전쟁은 티탄족(Titans, 제우스를 중심으로한 올림포스 신들이 통치하기 전에 세상을 다스리던 거대하고 막강한 신의 종족으로 거신족이라 불리기도 한다. 영어로는 타이탄이다)과의 싸움(티타노마키아)이었는데, 티탄족 가운데 유피테르를 유일하게 좋아했던 솔(Sol, 로마 신화에 나오는 태양신. 로마의 토착신 중 한 명이지만 별로 주목받지 못하던 태양신 솔은 제정시대에 들어 황제의 수호자로간주되면서 로마제국의 주신으로 각광받았다. 그리스 신화의 헬리오스에 해당)의 도움으로 이들을 물리칠 수 있었다. 두 번째 전쟁인 거인족들과의 전쟁(기간토마키아)에서 유피테르는 벼락과 여러 무기들을동원해 그들을 물리쳤다. 이로써 유피테르는 제국을 안정적으로 통치할 수 있게 되었다.

이 신화는 만물의 기원을 수수께끼처럼 풀어내고 있는 듯 보인다. 이는 물질의 영원성을 명백히 하면서도 세계의 영원성은 부정한 후대의 데모크리토스 철학과 크게 다르지 않다. 데모크리토스는 창조주가 엿새간의 작업을 통해 세상을 창조하기 전에 카오스 혹은 알려지지 않은 물질이 존재했다는 식으로 성서의 진실에 접근한다.

이 신화의 의미는 이렇게 해석될 수 있을 듯하다. 카일루스는 모든 물질을 포용하는 오목한 공간 혹은 아치형 천장을 상징한다. 한편 사투르누스는 물질 그 자체를 의미한다. 그는 아버지로부터 모든 생식 기능을 박탈함으로써 자연 속 물질의 총량은 새로이 추가되거나 감소하지 않고 일정불변하다는 점을 상징적으로 보여준다. 하지만 물질이 섞이고 뒤엉키는 가운데 처음에는 불완전하고 잘못 결합된 사물들이 구성되어 등장한다. 그것은 이를테면 세상의 시초 혹은 탄생의 몸부림 같은 것이었다. 그러다가 시간이 흐르면서 그 형태와 구조를 일정하게 유지할 수 있는 일종의 체계가 생겨났다. 여기에서 앞선 시대는 한마디로 사투르누스가 군림하던 시대라 할 수 있다. 이 시대는 사물들이 생겨났다 얼마 안 있어 소멸되는 일이 빈번히 일어났던 시대로, 말하자면 사투르누스가 자기 자식들을 태어나는 족족 잡아먹는 상황으로 묘사된다. 두 번째 시대는 유피테르의 통치시기로 상징된다. 유피테르는 이렇듯 잦은 일시적 변화들을 무질서의 표상인 타르타로스로 내몰아버린다. 이 공간은 하늘의 하층부와 땅의 내부 사이에 존재하는 중간지대인 듯하다. 무질서, 불완전, 돌연변이, 죽음, 파괴, 부패가 주로 이곳에서 발견되기 때문이다.

베누스는 사물이 이전 방식으로 생겨나던 시대, 즉 사투르누스 시대에 태어나지 않았다. 우주와 관련해서 불화와 알력이 화합과 일치보다 우세하던 시절에는 모든 체계가 가변적일 수밖에 없었다. 사투르누스가 생식기를 잘리기 전에는 이러한 방식으로 사물들이 생겨났다가 소멸했다. 하지만 이런 사물 생성 방식이 사라지자 곧바로 베누스 식의 방식, 즉 사물들의 완벽하고도 안정적인 조화가 뒤따랐다. 이 방식에 따르면 전 우주 체계는 흔들림 없이 온전히 유지되는 가운데 변화는 우주의 각 구성 부분들 속에서 이루어졌다. 하지만 사투르누스가 내쫓겨 권좌에서 물러났을지언정 결코 죽거나 소멸되지 않았다고도 한다. 데모크리토스의 견해에 따르면, 세상은 루크레티우스(Lucretius, B.C. 97~55년경. 로마의 대표적인 철학 시인. 철학시 「사물의 본성에 대하여」De natura rerum 6권을 썼다. 이 시는 실증적 정신과 원자론으로 일관되어 있으며 예언자적 견해, 예를 들면 선구적 자연도태설 등도 진술되어 있다)가 자기 시대에는 결코 일어나지 않기를 바랐던 예전의 혼돈과 무질서로 되돌아갈 수도 있기 때문이다.[16]

하지만 세계가 촘촘한 체계를 갖추고 그 자체의 규모와 에너지로 결합되었다 해도 처음부터 안정적인 모습을 보였던 것은 아니다. 세계가 현 상태로 유지될 수 있도록 천체(天體)를 지배하는 태양의 힘에 의해 적절히 조절되고 완화되기는 했지만 천계에는 분명 상당한 동요와 어긋남이 존재했다. 이후 천계 아래 영역에서 범람과 폭풍우, 바람, 전면적인 지진 현상 등에 의해 비슷한 일이 벌어졌다. 하지만 이러한 현상들이 가라앉고 통제되면서 보다 평온하고 지속적인 사물들의 조화와 화합이 뒤따랐다.

이 신화에는 철학이 담겨 있고 또한 철학에는 이 신화가 담겨 있다고 말할 수 있을지 모르겠다. 이 모든 것들이 오래 전에 부패해 사라진 관념의 신탁에 불과하며 세계의 물질과 체계는 마땅히 유일의 창조주에 귀속된다는 사실을 우리는 신앙을 통해 알고 있기 때문이다.

XIII

프로테우스, 물질
물질과 물질의 변화에 관하여

'바다의 신' 프로테우스(Proteus)는 '대양의 신' 오케아노스(Oceanus)의 아들이라고도 한다. 그의 이름에서 pro는 '처음', '첫째'라는 뜻이므로, '초기의' 바다의 신이나 포세이돈의 '첫째' 아들을 뜻한다고 볼 수 있다. 올림포스 신들의 시대에는 바다의 신 포세이돈의 아들로, 포세이돈의 물개들을 관리하는 자로 묘사되기도 한다.

호메로스의 『오디세이아』 제4권에 오디세우스의 아들 텔레마코스가 아버지를 찾아 나서던 중 트로이 전쟁에서 승리하고 무사히 귀국

'바다의 신' 또는 '바다의 노인' 으로 알려진 프로테우스

한 메넬라오스 왕을 만나 그가 텔레마코스에게 오디세우스에 대한 이야기를 드려주는 장면에서 프로테우스가 등장한다.

"다름이 아니라 '바다의 노인'이 해준 이야기라오. 여러 신들은 귀국하려는 나를 아이깁토스에 좀 더 있도록 잡아두었소. 내가 신들에게 제물을 바치지 않기 때문이었지요. 그래서 신들은 나일 강 하구에 있는 파로스(Pharos)라는 모래섬에서 나를 20일 동안이나 묵게 했다오. 이집트에서는 장비를 잘 갖춘 배가 순풍을 타면 꼬박 하루가 걸려야 겨우 다다를 만큼 떨어진 곳이지요. 그것도 폭풍우가 뱃머리에 불어 닥칠 때라야만 가능했소. 즉 내가 움직이는 데 꼭 필요한 바람을 신들은 주시지 않았던 거요. 그때 신들 가운데 유독 한 분이 나를 가엽게 여겨 동정을 베풀지 않았던들 우리는 이렇게 무사할 수 없었을 거요. 그분은 에이도테아(Eidothea, 이도테이아Idothea)였는데, 바로 '바다의 노인'이라는 위풍당당한 프로테우스(Proteus)의 딸이었소."

또 그는 다른 바다의 신처럼 어떠한 사물로든 모습을 자유자재로 바꿀 수 있었다고 한다. 이처럼 되고자 하는 어떤 모습으로든 변할 수 있는 자신의 능력 때문에 그는 세상 만물이 창조되어 나왔던 원형질의 상징으로 여겨졌다. 그래서 영어 protean은 '다양한'(versatile), '변할 수 있는'(mutable), '여러 형태로 가정할 수 있는'(capable of assuming many forms)이란 뜻으로 쓰인다. 그리고 해왕성(海王星)에서 두 번째로 큰 제8 위성도 프로테우스로 명명되었다.

*　*　*

시인들에 따르면 프로테우스는 포세이돈의 가축지기였다. 그는 미래뿐 아니라 과거와 현재의 사물들에 정통했던 노인으로 대단히 비범한 예언자였다. 따라서 그는 점을 치는 일 외에도 고대 유물과 모든 비밀들의 실체를 밝히고 해석하는 능력을 갖고 있었다. 프로테우스는 광대한 동굴에 살면서 정오가 되면 자신이 키우는 바다표범의 수를 되풀이 센 다음, 잠자리에 드는 게 습관처럼 되어 있었다. 그에게서 무언가 조언을 구하고자 하는 사람들이 어떤 대답이라도 들으려면 그에게 쇠고랑이나 족쇄를 채우는 것 말고 다른 도리가 없었다. 프로테우스는 그 족쇄에서 벗어나려고 불, 물, 맹수 등 온갖 종류, 온갖 형상의 물질로 변신을 했다가 다시 제 모습으로 되돌아왔다.

이 신화는 자연의 비밀과 물질의 상태를 암시하고 있는 듯하다. 프로테우스라는 인물은 마치 동굴처럼 하늘의 넓고 오목한 곳에 살며 신 다음의 모든 사물들 중에서 가장 오래된 물질을 상징한다.[17] 그는 포세이돈의 시종으로 묘사된다. 물질의 다양한 작용과 변형은 액체 상태에서 주로 일어나기 때문이다. 프로테우스가 키우는 바다표범 무리는, 그 내부적으로 물질이 퍼져나가 씨를 퍼트리고 소멸함으로써 생성되는 몇몇 동식물과 광물에 다름 아니다. 그리고 이들 몇몇 종들이 형성되고 나면, 요컨대 그 임무가 끝나면 물질은 달리 어떤 새로운 것들을 생성하려고 하지 않고 휴지기에 들어가는 듯하다. 이것이 프로테우스가 바다표범의 수를 세고 난 뒤 잠자리에 드는 행위에 숨어 있는 비유적 의미이다.

이 행위가 아침이나 저녁이 아닌 정오에 이루어지는 데도 상징적 의미가 숨어 있다. 정오는 때에 맞춰 사전에 형성된 어떤 물질로부터 종들이 생산될 수 있도록 적절히 안배된 시간이다. 말하자면 물질이 처음 생겨나서 소멸하는 과정의 한 중간에 놓여 있는 시간이다. 우리가 성스러운 역사로부터 배워 알듯이 이는 물질로부터 파생되는 그 어떤 변형이나 중간 단계에서의 변화 없이 물질이 신성한 명령에 따라 직접 결합하는 천지창조의 시기이다. 물질은 신의 명령에 즉각 복종해서 피조물들의 형상을 갖고 태어난다.

신화에 따르면 프로테우스와 그의 바다표범 무리는 여기까지는 아무런 제한 없이 자유를 향유한다. 우주는 물질의 표면이다. 우주는 아무런 제한 없이, 예컨대 인간적 수단이 개입되어 바다표범 무리가 괴롭힘을 당하는 일 없이 공통된 구조와 짜임새를 가진 피조물들로 이루어진다. 하지만 자연의 대리인을 자처하는 자가 물질을 소멸시키려고 교묘하게 무리한 힘을 가해서 이를 의도적으로 조작하거나 괴롭힐 경우, 물질을 절멸시킬 수 있는 능력은 오로지 조물주에게만 있기 때문에 절멸의 위기에 직면한 물질은 오히려 예상 밖의 다양한 형태와 외양으로 스스로를 변형시킨다. 그리고 그런 힘이 계속 가해져 변형의 전 과정이 한 번의 주기를 거치게 되면 물질은 어느 정도 원래의 모습을 되찾게 된다. 결국 쇠고랑과 족쇄를 활용해 묶고 비틀고 가두는 방식이야말로 물질을 극단적일 정도로 철저히 장악하고 자극하는 가장 효과적이고도 신속한 방법임이 입증될 것이다.

또한 신화는 프로테우스를 과거와 현재와 미래의 것들에 관해 꿰뚫고 있는 예언자로 그린다. 이는 물질의 본질과 훌륭하게 맞아떨어진다. 물질의 속성과 변화 그리고 과정을 알고 있는 사람이라면 비록 그가 물질의 세부적인 부분들까지 속속들이 알고 있지는 못할지언정 그 물질이 과거와 현재와 미래에 작동하는 전 과정과 그것이 가져오는 효과를 당연히 이해하고 있어야 한다.

XIV

⁂

멤논, 너무 앞서간 청춘
청춘의 치명적인 경솔함에 관하여

에티오피아의 왕이었던 멤논(Memnon)은 트로이의 왕 라오메돈의 장남인 티토노스와 '새벽의 여신' 에오스(Eos, 로마 신화의 아우로라, 영어로 오로라) 사이에 태어났다. 라오메돈의 막내인 프리아모스(포다르케스)가 작은 아버지였다. 그는 트로이의 용사 헥토르(프리아모스의 장남)가 죽은 뒤 그리스 연합군과 싸우고 있던 작은 아버지를 도우러 가서 용감히 싸웠지만 아킬레우스에게 죽고 말았다. 그가 죽은 뒤 어머니인 에오스는 시신을 에티오피아로 데려갔는데, 우리가 아침마다 보는 이슬방울은 그녀가 흘린 눈물이라고 한다. 에오스가 새벽의 여신이니까 연관성이 있긴 있다.

멤논의 거상

전설에 따르면, 멤논이 죽자 에오스가 슬퍼하는 것을 보고 제우스가 안타깝게 여겨 멤논에게 영원한 생명을 주었다고도 한다. 그리고 멤논의 동료들은 멤노니데스(Memnonides)라는 새떼로 변해서 해마다 아이세푸스(Aesepus) 강 하구에 있는 그의 무덤을 찾아와 애도했다고 한다. 멤논에 대한 이야기는 밀레토스 출신의 시인 아르크티노스(Arctinus)가 쓴 『아이티오피스』(Aethiopis, 멤논의 출현)의 주제이기도 하다.

이집트에서 멤논의 이름은 테베 근처에 아멘호테프 3세가 세운 거대한 석상들과 관계가 있는데, 아직도 2개가 남아 있다. 이것이 바로 '멤논의 거상'(Colossi of Memnon)이다. 그중 북쪽에 있는 것이 BC 27년에 지진으로 일부가 파손된 이후 매일 아침 햇빛이 석상에 비치면 하프 줄이 튕겨지는 것과 같은 소리를 냈는데, 사람들은 이것을 멤논의 어머니 에오스가 안부를 묻자 이에 답하는 멤논의 소리라고 믿었다. 로마제국의 20대 황제 셉티미우스 세베루스(Septimius Severus)가 서기 170년에 상을 복원한 뒤부터 이 소리가 멈추었다고 한다.

***

시인들은 멤논을 에오스(Eos, 그리스 신화에 나오는 새벽의 여신으로 로마 신화의 아우로라Aurora에 해당. 영어로는 오로라)의 아들이라 여긴다. 멤논은 화려한 갑옷을 입고 트로이 전쟁에 참전해 혁혁한 공을 세운다. 그에게 쏟아지는 대중의 찬사에 우쭐해진 멤논은 더 큰 공을 세우는 데 급급한 나머지 세상에서 가장 위대한 모험에 성급히 뛰어들었다. 그리고 그리스를 통틀어 가장 용감한 전사였던 아킬레우스와 일전을 벌이다 그의 손에 목숨을 잃는다. 멤논의 죽음을 안타까워한 유피테르는 장례식을 영예롭게 해주려고 새들을 보냈다. 새들은 그의 무덤에서 애달프고 비통한 노래를 끝도 없이 불렀다. 또 떠오르는 햇살이 그의 석상을 비추면 어디선가 구슬픈 소리가 들리곤 했다는 이야기도 전해진다.

이 신화는 전도양양한 젊은이들의 불행한 종말에 주목한다. 이들은 새벽의 자식들처럼 헛된 소망에 사로잡히고 화려한 외양에 우쭐해진 나머지 자기 힘에 부치는 일을 도모한다. 예컨대 용맹성에서 앞설 자가 없는 영웅들에 도전해서 그들을 결투의 장으로 불러낸다. 하지만 역부족임이 금세 드러나고 결국 그 고결한 행위로 인해 최후를 맞는다.

젊은이의 그러한 죽음은 어김없이 무한한 연민을 불러일으킨다. 죽음이라는 재앙 중에서도 고결한 꽃이 채 피지도 못한 채 고개를 떨구는 것만큼 우리에게 큰 감동과 고통을 동시에 선사하는 것도 없다. 아니 시기심을 일으킬 정도로 삶의 절정기를 제대로 누렸다 해도 그렇듯 희망 가득 찬 청춘의 속절없는 죽음 앞에서는 역시 슬픔을 가눌 길이 없다. 비탄에 잠긴 새들처럼 비탄과 애통함이 죽음 이후 오랫동안 그의 무덤가를 맴돌 것이다. 특히 어떤 새로운 기회가 닥칠 때마다, 세상이 혼란스러울 때마다, 무언가 위대한 행동을 향해 그 첫발을 내딛으려 할 때마다 그들의 열렬한 욕망은 아침 햇살처럼 되살아난다.

XV

티토노스, 싫증

주체할 길 없는 욕정에 관하여

티토노스(Tithonos)는 트로이의 왕 라오메돈과 물의 요정 스트리모(Strymo) 사이에서 태어난 첫째 아들이다.

에오스는 티탄족 아스트라이오스와 결혼했으나 아프로디테의 연인 아레스의 유혹에 넘어가 딱 한 번 외도를 했다. 이에 화가 난 아프로디테는 에오스에게 형벌을 내렸다. 젊은이라면 누구라도 연정을 품도록 한 것이다. 그 후부터 에오스는 열정을 주체할 수 없어 잘 생긴 젊은이만 보면 유혹하기 일쑤였다. 지평선에 오를 때마다 젊은 청년이 어디 있나 두리번거리다가 이런 행동이 부끄러워

「서둘러 떠나는 에오스」, 루이 장 프랑스와 라그레네(Louis Jean Francois Lagrenee) 作 (1763)

얼굴이 발개졌는데, 동트는 새벽하늘이 붉은 것도 이 때문이란다. 어느 날 에오스는 트로이의 왕자 티토노스와 사랑에 빠져서 그를 에티오피아로 데려가 그곳에서 에마티온(Emathion)과 멤논을 낳았다(이들은 헥토르, 파리스 등과 사촌지간이다).

　에오스는 티토노스를 무척 사랑했기 때문에 그에게 영생을 허락해주도록 제우스에게 간절히 청했다. 결국 제우스는 그녀의 청을 들어주었다. 하지만 영원한 젊음을 유지하게 해달라고 청하는 것을 깜빡 잊어버리는 바람에 티토노스는 결국 늙게 되었다. 에오스는 추하게 변한 그의 모습이 싫어서 창고에 가두어버렸다. 티토노스는 감금당한 채 에오스가 넣어주는 꿀로 연명하다가 점점 기력이 쇠잔해지더니 나중에는 매미(혹은 베짱이)로 변하고 말았다. 티토노스를 불쌍하게 여긴 제우스가 그렇게 해준 것이다.

***

이러한 욕정은 티토노스와 관련된 신화에 품격 있게 그려져 있다. 에오스는 티토노스를 끔찍이도 사랑한 나머지 유피테르에게 티토노스를 영원불멸의 존재로 만들어달라고 청을 올렸다. 그렇게 되면 그와 영원히 함께 하는 기쁨을 누릴 수 있었다. 하지만 에오스는 티토노스가 늙지 않도록 해달라는 말을 깜빡 잊고 전하지 못했다. 결국 티토노스는 불멸의 존재가 되었지만 나이가 들어갈수록 볼품없이 쇠잔해져갔다. 이를 불쌍히 여긴 유피테르는 티토노스를 한 마리 베짱이로 변신시켜 주었다.

이 신화에는 쾌락에 관한 기발한 묘사가 담겨 있다. 쾌락이란 처음에는, 말하자면 아침나절에는 너무도 고마운 존재여서 사람들은 그것이 영원히 자신과 함께 하도록 기원한다. 언젠가는 그 쾌락도 마치 나이가 들 듯 급작스레 싫증나고 사위어갈 수 있다는 사실을 까맣게 잊을 정도다. 결국 스스로를 만족스럽게 해줄 행위에 대한 욕구가 사라지지만 흔히 갈망과 애착은 여전하다. 우리 주변에서 흔히 보듯이 나이든 사람들은 좋았던 시절에 그들에게 즐거움을 주었던 것들을 입에 올리고 기억하는 것으로 낙을 삼는다. 이러한 현상은 문란한 삶을 살아온 남자들과 군인들에게서 특히 두드러진다. 전자의 남성들은 자신들의 여성 편력을 입에 달고 살며 후자의 남성들은 젊은 시절의 무용담을 기회 있을 때마다 입에 올린다. 마치 울음소리를 통해서만 자신의 정력을 보여주는 베짱이처럼.

XVI

헤라, 결혼
예언과 재앙에 관하여

헤라(Hera)는 '신들의 왕' 제우스의 아내이다. 로마 신화에서는 유노(Juno)가 이에 해당한다. 결혼과 출산의 여신이지만 제우스의 연인이나 자식들에 대한 질투와 시기가 보통이 아니었다.

제우스는 가까이 다가가기만 해도 번개(이 번개를 쏘는 무기가 키클로프스들이 선물한 아스트라페Astrape이다)로 상대를 불태울 만큼 막강한 힘을 지녔는데, 특히 아내 헤라와 형제인 포세이돈, 아들인 아폴론 앞에서는 더욱 심했다. 그래서 이들은 올림포스에 거주하는 모든 신들에게 최고 신 제우스의 권력을 제한하고 성질을 누그러뜨려야 한다는 데 협조할 것을 요청했다. 이에 불의 여신 헤스티아(Hestia. 가정생활과 행복에 관여하며, 다툼에는 전혀 개입하지 않는다)를 제외한 모든 신들이 동의했다.

제우스의 아내이자 신들의 어머니인 헤라

그래서 이들은 제우스가 술에 잔뜩 취해 침대에서 자고 있을 때 그의 몸을 덮쳐 쇠가죽으로 만든 끈으로 팔과 다리를 묶고 100개나 되는 매듭을 만들었다. 술에서 깨어난 제우스는 격노해 모두에게 당장 죽음을 내릴 것이라고 위협하며 고함을 쳤지만, 아스트라페가 손이 닿지 않는 곳에 있어 그 위협은 소용이 없었다.

이런 소동이 벌어지는 동안 누군가가 한구석에 웅크리고 앉아 있었다. 헤라가 양육한 네레이드들(네레우스와 도리스의 50명의 딸들로 바다의 여신들이다) 가운데 한 명인 테티스(Thetis)는 덜덜 떨며 격정하고 있었다. 그녀는 슬그머니 타르타로스로 내려가 머리가 50개이고 팔이 100개나 달린 괴물 브리아레오스(Briareus)를 데려왔다. 100개의 손이 제우스를 묶은 100개의 매듭을 재빠르게 풀어내자 제우스는 자유를 되찾았다.

이제 헤라가 벌을 받을 차례가 되었다. 제우스는 헤라의 허리를 황금 포승줄로 단단히 묶은 다음, 발을 무거운 모루에 고정시켜 하늘에 매달아 놓았다. 헤라의 구슬픈 비명소리가 도처에 들렸지만 어떤 신도 감히 그녀를 구해줄 수가 없었다. 정작 그녀를 풀어준 자는 제우스였다. 그녀의 비명소리에 동정심을 느낀 나머지 다시는 자신을 배반하지 않겠다는 서약을 받고서 그녀를 풀어준 것이다.

헤라는 제우스와의 사이에서 전쟁의 신 아레스, 그와 쌍둥이로 불화의 여신인 에리스(Eris), 젊음의 여신 헤베(Hebe), 대장장이 헤파이스토스 등의 자식을 낳았다. 이 가운데 헤파이스토스는 아버지 없이 헤라가 혼자 낳은 것이라고 얘기하는 사람도 있다.

제우스와 헤라의 결혼에 대한 신화는 기원전 1,000년경 북쪽의 야만적인 수렵 부족이 자신들의 남성 중심적인 사고방식을 가지고 그리스를 침공했을 때와 깊은 연관이 있다. 당시 고대 그리스인들은 자신들이 숭배하던 '위대한 어머니 신' 가이아를 믿고, 그녀의 마법적인 힘을 찬양했다. 그런데 침략자들이 이러한 여성 중심적인 문화를 유린하고 자신들의 신앙 속에 강제로 복속시켰다. 신화와 심리학적인 관점에서 보면, 이와 같은 그리스의 여성 중심적인 문화는 '침범' 당했으며, 야만스러운 정복자들에 의해 '결혼'을 강요당한 것이다. 아무튼 헤라는 여성적인 에너지와 남성적인 에너지의 결합을 상징한다고 볼 수 있다.

헤라는 고약한 성질로도 유명하지만, 충직한 아내로서도 명성이 자자하다. 그녀는 결혼을 관장하고, 결혼한 여인을 보호하는 여신으로서 예언의 능력이 있었으며, 이 능력을 자신이 선택한 사람들에게 부여할 능력도 있었다. 하지만 그것이 마냥 행복한 선물은 아니었다. 사람들은 대개 예언할 것이 재앙뿐임에도 기쁜 미래 위주로 얘기한다. 도대체 어떤 사람이 우울한 미래 이야기를 듣기 좋아할까. 죽음과 파괴, 불행한 사랑, 온갖 종류의 실패 등을 예언하는 것은 그 누구도 바라는 선물이 아닐 것이다.

헤라는 인간사에 관여했기 때문에 무척이나 바빴으며, 사람들에게서 사랑과 증오를 동시에 받았다. 인간사 외에도 그녀는 온갖 일에 관여해 신화 속의 수많은 이야기에서 중대한 결말을 이끌어냈다. 예를 들어 그녀가 편을 들었을 때 영웅 이아손(Jason)은 황금 양털을 찾아냈지만, 그를 포기했을 때는 모든 일이 순탄치 않게 흘러갔다. 또한 트로이의 왕자 파리스에 대한 헤라의 분노로 트로이가 멸망하는 일이 벌어지기도 했다. 파리스는 가장 아름다운 여신에게 주는 사과를 헤라가 아닌 아프로디테에게 주었고, 이에 화가 난 헤라는 아테나와 합세해 트로이와 모든 트로이 사람들이 전멸할 때까지 저주를 내렸고, 결국 트로이는 멸망하고 말았다.

***

시인들은 유피테르가 여인들을 꾀기 위해 황소, 독수리, 백조, 주엽나무 등 여러 형상으로 변신했다고 전한다. 그런데 헤라를 유혹할 때는 가장 천박하고 우스꽝스러운 동물, 즉 비에 홀딱 젖어 초라한 몰골을 한 채 무언가에 놀란 듯 덜덜 떨고 있는 굶주린 뻐꾸기로 변신했다.

이 신화는 도덕의 깊숙한 내면으로부터 이끌어낸 지혜로운 이야기다. 신화가 전하는 교훈은, 인간은 결코 자만해서는 안 되며 스스로 뛰어난 점이 있다고 해서 사람들이 자신을 언제나 받아들여 줄 것이라고 생각해서는 안 된다는 것이다. 누군가의 환심을 사고 싶을 때 그가 받아들여질지의 여부는 전적으로 상대방의 성격과 태도에 달려 있기 때문이다. 상대가 자기처럼 뛰어난 재능과 자질을 갖고 있지 못하고 이 신화에서 헤라라는 인물이 상징하듯 대단히 오만 방자한 사람이라면 그 앞에서는 품위 따위는 철저히 내던 져버리는 편이 옳다. 만약 다른 방식으로 그에게 접근한다면 대단히 어리석은 일이다. 스스로를 진정으로 변화시켜서 상대방에게 비참하고 멸시할 만한 존재로 받아들여지지 않는 한 적당히 알랑거리며 아첨을 떠는 정도로 상대의 마음을 얻기는 힘들다.

XVII

쿠피도, 미립자

입자철학에 관하여

헤시오도스의 『신통기』에 따르면, 에로스
(Eros, 로마 신화의 쿠피도Cupido, 영어로는 큐피드Cupid)는 태초적 공
허인 카오스(Chaos)의 아들로 초기의 신이었다. 이후에 에로스는
아레스와 아프로디테(로마 신화의 베누스Venus, 영어로는 비너스) 사이
의 아들로 전해져 왔다. 연정과 성애를 담당하고 있는 신이며, 고대
그리스어로 주로 이성에 대한 강렬한 성적 욕구를 의미하는 보통명
사가 신격화된 것이다.

그는 황금화살과 납화살을 가지고 다니는데, 황금화살을 맞으면

이탈리아 화가 귀도 레니(Guido Reni, 1575~1642)의 『비너스와 큐피드』(1639)

처음 본 사람을 사랑하게 된다. 이는 인간들과 신들에게도 예외가 아니며 심지어 화살의 주인인 에로스도 예외가 아니다. 반대로 납 화살을 맞으면 처음 본 사람을 증오하게 된다.

어느 날 아폴론(로마 신화의 아폴로)이 에로스의 활솜씨를 놀리자 에로스는 아폴론에게 화살을 쏘아 다프네(Daphne)와 사랑에 빠지게 했다. 아폴론은 에로스가 쏜 사랑의 화살을 맞자 다프네를 처음 보고 사랑에 빠졌다. 그는 다프네에게 구혼했지만 이미 에로스가 쏜 증오의 화살을 맞았기 때문에 아폴론을 보자마자 놀라

달아나버렸다. 하지만 아폴론은 다프네를 끝까지 좇아가 막 안으려 했을 때, 다프네가 더 이상 도망칠 길이 없자 아버지 페네이오스 (Peneios)에게 구해 달라고 소리쳤다. 그래서 페네이오스는 다프네의 몸을 월계수로 변하게 했다.

에로스는 원래 자라지 않은 어린이 신이었다. 하지만 어머니인 아프로디테의 명령을 받아 자신의 미모를 능가하는 아름다운 공주 프시케를 추남에게 반하게 하려다 오히려 자신이 사랑의 화살에 찔려 프시케를 사랑하게 되고 청년 남신으로 성장하게 된다. 이후 프시케가 자신의 모습을 보지 못하도록 당부하고 서로 비밀리에 만났으나, 에로스의 모습을 보는 배신을 저지른 뒤 그녀는 수많은 역경에 부딪친다. 하지만 훗날 프시케와의 사랑을 아프로디테에게 인정받게 된다.

***

시인들이 사랑의 신 쿠피도에 관해 전하는 특징들은 동일 인물의 것이라 보기 어려울 정도다. 하지만 그러한 특징들이 여러 인물을 뒤섞어 놓은 것이 아니라면 그것들 간에 일정한 유사점을 찾아낼 수도 있을 것이다. 시인들은 사랑의 신이, 같은 시대에 존재한 것으로 여겨지는 카오스를 제외하면 모든 신보다 앞선 신이며 그 밖의 모든 것들 이전에 존재했다고 말한다. 그럼에도 불구하고 카오스에 대해서 고대인들은 신이라는 영예를 부여하지 않았고 신이라는 호칭도 붙여주지 않았다. 쿠피도는 밤의 신 녹스(Nox)의 알에서 태어났다는 것 말고는 조상이 없는 절대적인 존재로 묘사된다. 하지만 쿠피도 자신은 카오스, 즉 혼돈의 한가운데서 여러 신들과 그 밖의 만물을 낳았다. 그에게 부여된 속성은 모두 네 가지이다. 1. 영원한 어린아이, 2. 맹목성, 3. 벌거숭이, 4. 활쏘기.

한편 베누스에게서 태어난 신들의 막내아들이라는 또 하나의 쿠피도가 존재했는데 그에게는 손위 형제들의 특징들이 어느 정도 유사한 형태로 이전되어 있다.

이 신화는 자연의 요람을 암시한다. 사랑은 원초적 물질이 보여주는 욕구 혹은 자극인 듯하다. 좀 더 명백히 말하면 근원적인 미립자, 혹은 원자의 자연적인 움직임 혹은 운동 원리이다. 이 미립자는 물질로부터 만물을 생성시켜 움직이게 하는 가장 오래된 유일한 힘이다. 이 미립자는 모체, 즉 근원 없이 절대적으로 존재한다. 어떤 결과가 있다면 그 모체로서 어떤 원인들이 있기 마련이지만 이 힘혹은 효력에는 어떠한 자연적 원인도 있을 수 없다. 신을 제외하고는 그것에 앞선 것이 전혀 없기 때문이다. 따라서 사실상 그것이 존재하게 된 근원을 갖지 않는다. 더 이상 쪼개질 수 없는 존재이기 때문에 어디에 속할 수도 어떤 형상을 가질 수도 없다. 말하자면 그것은 표현 불가능한 것이지만 다소 궁극적인 것임에 틀림없다.

그 양식과 생성과정을 굳이 말로 표현하자면 이 미립자는 어떤 원인으로부터 그 존재의 비밀을 밝혀낼 수 있는 성질의 것이 아니라는 것이다. 신 바로 다음에, 원인들의 원인으로서 아무런 원인 없이 그 자체로 존재하기 때문이다. 이 미립자의 양식이 인간의 탐구를 통해 밝혀질 것이라고 희망해서는 안 된다. 신화도 이것을 어둠의 신 녹스의 알로 적절히 묘사해놓고 있지 않은가? 그러니까 이 미립자는 말하자면 어둠 속에 놓여 있는 것이다.

한 신성한 철학자는 이렇게 천명한다. "신은 좋은 기회를 만나 만물을 아름답게 창조해내고는 그 세상을 우리의 논쟁과 연구의 대상으로 넘겨주었다. 하지만 인간은 신이 철두철미 공들여 창조한 작품에 담긴 비밀을 밝혀낼 수 없다." 따라서 신이 만물의 근원에 있는 미립자들끼리 서로 공격하고 결합하며 반복과 증식을 통해 우주 속 모든 변종들을 생산해내도록 새겨 넣은 자연의 개괄적, 총체적 법칙 혹은 사랑의 원리는 인간의 사고로는 혹 어렴풋한 개념을 떠올릴 수는 있을지언정 결코 완벽한 이해에 도달할 수 없다. 그리스 철학은 사물의 물질적 원리를 찾아내는 데 열중했고 또 그에 대해 예리한 면모를 보여주었다. 하지만 모든 작용의 힘과 효력을 밝혀줄 운동의 원리를 밝혀내는 데는 소홀하고 무기력했다. 이 점에서 그리스 철학자들은 철저히 맹목적이고 유치한 듯 보인다. 물질의 운동을 자극하는 것과 관련해서 소요학파들의 견해는 소극적이고 그저 말뿐이었다. 그것도 어떤 의미를 담고 있다기보다는 차라리 소리에 불과했다. 그들은 운동 원리를 신과 연관시키는 일만큼은 그 누구보다도 성공적으로 해낸다. 하지만 거기에는 적절한 동의가 필요 없다. 그저 다짜고짜 연관시킬 뿐이다. 자연 속에는 의심할 여지없이 하나의 개괄적 기본 법칙이 존재하는데 그것이 신에 종속되어 있기 때문이다.

앞서 솔로몬으로부터 인용한 문장 속에 언급된 법칙이 그것인데 세상은 신이 철두철미 공을 들여 창조해낸 작품이기 때문에 인간으로서는 그 법칙을 알아낼 길이 없다는 것이다.

데모크리토스는 이 주제를 한 걸음 나아가 고찰했다. 그는 일정한 크기 혹은 형상의 원자 혹은 미립자를 처음으로 가정하면서 그 원자로부터 식욕이나 욕정 혹은 단독으로 이루어지는 초기 운동과 상대적인 후속 운동이 나온다고 보았다. 그는 만물이 세상의 중심을 향하는 경향성을 갖고 있으며 중심을 향해 더 빠르게 떨어지며 이동하는 더 많은 물질들을 그 내부에 포함하고 있다고 상상했다. 그리고 이동하던 물질에 어떤 충격이 가해지면 힘이 약해지면서 떨어져나가기도 한다. 하지만 이는 빈약한 착상이며 세부적인 고려 대상도 너무 적다. 천체의 회전, 사물들의 축소나 확장 같은 현상이 이러한 원리로 간단히 정리될 수는 없다.

쿠피도는 영원한 어린아이로 고상하게 묘사되고 있다. 복합체들은 몸집이 크고 저마다 자기 나이를 갖고 있다. 하지만 최초의 씨앗, 혹은 몸체의 원자들은 크기가 작고, 영원한 유아 상태로 남아 있다.

따라서 당연한 일이지만 쿠피도는 벌거벗은 존재로 표현된다. 모든 복합체들은 몸체를 외피로 감싸고 있거나 나름의 자태를 띤다. 따라서 사물의 본질인 미립자들을 제외하고는 그 어떤 것도 진정 벌거벗은 상태라고 말할 수 없다.

쿠피도의 맹목성에는 심오한 비유가 숨어 있다. 같은 쿠피도지만 이 쿠피도 즉 사랑 혹은 세상의 욕망에는 앞을 내다보는 능력이 거의 없는 듯하다. 그저 자기 앞에 눈에 띄는 것을 따라 발걸음을 내딛고 동작을 취할 뿐이다. 이는 앞 못 보는 이들이 자기 앞길을 타진할 때 흔히 하는 행동이다. 이는, 지극히 우연적이고 무계획적으로 보이는 것, 말하자면 진정 맹목적으로 보이는 것으로부터 그처럼 아름다운 사물의 질서와 규칙성을 어떤 꾸준한 법칙을 통해 이끌어냄으로써 압도적인 신의 섭리와 예견력을 더욱 경이로운 것으로 만든다.

쿠피도의 마지막 자질은 활쏘기이다. 이는 일정한 거리에서 작동 되는 미덕 혹은 능력이다. 일정한 거리를 두고 작동하는 모든 행위 는 화살을 쏘는 행위와 흡사하기 때문이다. 원자와 진공상태를 인정 하는 사람이라면 필연적으로 원자의 효력이 일정한 거리를 두고 작 용한다는 사실을 가정할 수밖에 없다. 중간에 진공 상태가 존재하 는 까닭에 이러한 작용 없이는 어떠한 운동도 촉발될 수 없으며 그렇 게 되면 만물은 제자리에서 꼼짝달싹 하지 않을 것이기 때문이다.

또 하나의 쿠피도에 대해 말하자면 그는 종, 즉 개별 몸체들이 형 성되기 전에는 힘을 발휘할 수 없었기 때문에 사실상 신들의 막내 아들로 묘사된다. 그에게는 여전히 고대의 쿠피도와 닮은 구석이 남아 있지만 시인들이 전하는 그에 관한 묘사에는 도덕성에 대한 비유가 담겨 있다. 베누스가 정사(情事)에 대한 애착과 번식에 대한 욕망을 보편적으로 촉발시키는 반면에 그녀의 아들 쿠피도는 개개 의 인간들에게 애정을 전파한다. 한마디로 일반적인 성향이 베누 스로부터 비롯된다면 보다 밀접한 호감은 쿠피도로부터 비롯된다 고 말할 수 있다. 베누스가 원인에 가까운 무언가에 의존한다면 쿠 피도는 보다 심오하고 필연적이며 억제가 불가능한 원칙들에 의존 한다. 그 원칙들은 모든 격렬한 호감을 좌지우지하던 고대의 쿠피 도로부터 유래한 듯 보이기도 한다.

XVIII

디오메데스, 열정

종교 박해 혹은 종교에 대한 열정에 관하여

호메로스의 『일리아스』에 자주 등장하는 아르고스의 왕 디오메데스(Diomed)는 트로이 전쟁에서 아이아스, 아킬레우스와 함께 그리스 연합군 최강의 용사로, 특히 『일리아스』의 제5권은 대부분 그의 혁혁한 무공을 다루고 있다고 해도 과언이 아니다. 또 디오메데스는 아테나의 여신상인 팔라디온(palladion, 또는 팔라디움palladium)을 소유하는 쪽이 승리할 것이라는 헬레노스의 예언에 따라, 신상을 트로이로부터 훔치기 위해 오디세우스와 동행하기도 했다. 그리하여 아테나 여신의 도움을 받은 그는 트로이 전쟁 후 무사히 귀환한 흔치 않은 인물이 되었다. 사람을 잡아

서로의 갑옷을 교환하는 디오메데스와 글라우코스 (B.C 540 rud 도자기 그림)

먹는 네 마리의 암말들을 기르던 트라키아의 왕 디오메데스와는
동명이인이다.

『일리아스』의 제6권에서 디오메데스는 전투가 소강상태로 접어
들자 트로이 측의 장수 글라우코스(Glaucos)와 만나 서로 인사를
나누게 된다. 글라우코스는 '빛나는'이라는 뜻인데, 벨레로폰의 손
자이자 히폴로쿠스의 아들로 리키아 군의 장군이었다. 이들은 조

상 때부터 친했다는 것을 알고 디오메데스는 청동갑옷을, 글라우
코스는 황금갑옷을 서로 주고받은 뒤 헤어졌다(당시 시가로는 소
9마리를 주고 100마리를 받은 것이나 다름없었다). 바로 여기서 '어느
한쪽이 손해를 보는 거래'를 뜻하는 '디오메데스의 교환'(Diomedian
swap)이라는 말이 생겨났다.

그는 트로이 전쟁에서 적장 아이네이아스를 죽일 수 있었으나 아
프로디테의 방해로 뜻을 이루지 못했다. 화가 난 그는 부상당한 아
이네이아스를 업고 가던 아프로디테를 창으로 찔렀다. 깜짝 놀란
아프로디테는 애인 아레스에게 뒷일을 부탁하며 황급히 마차를 타
고 올림포스 산으로 피신했다, 기세등등해진 그는 아테나 여신의
도움을 받아 아레스에게도 공격을 가했다. 이처럼 그는 아프로디테
와 아레스에게 상처를 입혔지만 제우스의 벌을 받지 않은 유일한
인간으로 자주 거론된다.

하지만 트로이 전쟁이 끝나고 귀국하자 아프로디테의 복수로 아
내 아에기알레(Acgiale, Aegialeia)가 집사인 코메테스(Cometes)와 부
정(不貞)을 저질렀다. 그래서 이탈리아로 건너간 그는 다우니아인들
(the Daunians)을 다스리던 다우누스 왕을 내쫓고 왕이 되어, 남부
에 많은 도시들을 건설했다고 한다. 디오메데스가 죽자 그의 자손
들은 아레스의 보복을 당했으며, 그를 영웅으로 떠받들었던 도시

아르고스도 그 후 적군의 끊임없는 침략을 받아 쇠퇴하고 말았다.

일설에는 디오메데스가 왕권을 찬탈하자 선왕 다우누스가 새로운 용사들을 부추겨 디오메데스를 쓰러뜨렸다고 한다. 이에 그의 부하들은 디오메데스의 죽음을 매우 슬퍼하다가 백조로 변신하여 아드리아 해의 섬으로 날아갔다고 한다.

또 다른 전승에 따르면, 디오메데스는 다우누스 왕을 위해 적들과 싸워 승리를 거두었다. 하지만 다우누스는 그에게 약속했던 보상을 해주지 않았다. 이에 디오메데스는 다우누스의 나라에 저주를 퍼부었다. 그래서 자신과 동향 사람인 아이톨리아 사람들이 경작하지 않는 해에는 매번 흉년이 들었다. 결국 디오메데스는 다우누스의 저항을 진압하고 나라를 차지했는데, 다우누스는 디오메데스의 부하들이 새로 변신해 있는 동안 디오메데스를 죽였다고 한다.

***

디오메데스는 트로이 전쟁에서 큰 영예와 명성을 얻었다. 디오메데스를 끔찍이 아낀 팔라스 아테나는 만약 아프로디테와 겨룰 기회가 생기면 그녀를 가만두지 말라고 디오메데스를 독려하고 자극했다. 디오메데스는 팔라스 아테나의 조언을 너무도 충실히 따른 나머지 의기충천해서 여신 아프로디테의 손에 상처를 입혔다. 그는 이렇듯 주제넘은 행동을 했음에도 한동안 아무런 벌도 받지 않았다. 디오메데스는 전쟁이 끝난 뒤 큰 명성과 영예를 안고 귀국했지만 오히려 복잡한 가정사에 휘말려 이탈리아로 건너간다. 그곳에서도 처음에는 다우누스 왕(King Daunus, 그리스·로마 신화에 나오는 이탈리아 남부 아폴리아의 왕으로 다우누스는 '잠꾸러기'라는 뜻이다)의 정중한 환대를 받았다. 다우누스는 디오메데스에게 온갖 선물과 특권을 베풀다 못해 자기 영토 곳곳에 디오메데스의 상을 세워주기까지 했다. 하지만 외지인이 자기 영토에 발을 디딘 이후 백성들에게 첫 재앙이 닥치자 다우누스 왕은, 스치는 것만으로도 불경스러운 일이 될 한 여신에게 자신의 칼로 상처를 입힌, 말하자면 신들에게는 적이나 다름없는 그런 저주받은 사람을 자기 궁에 들여 환대한 데 대해 후회했다.

외지인을 환대하는 관습보다 종교법을 더 존중해왔던 다우누스는 나라가 지은 죄를 속죄하기 위해 자기 손님을 즉시 살해한 뒤 디오메데스의 석상을 모조리 없애고 그에게 준 모든 영예도 박탈하라고 명했다. 디오메데스의 잔혹한 운명을 안타까워하거나 비통해하기라도 하면 당장 목숨이 달아날 판이었다. 또한 지도자의 죽음을 애통해하며 도처에서 불만의 목소리를 높이던 디오메데스의 무장 병사들은 자신들의 죽음이 눈앞에 닥치자 백조로 변해 감미롭고 구슬픈 만가(輓歌)를 불렀던 것으로 전해진다.

이 신화는 보기 드물고 거의 유일한 점 하나를 시사한다. 디오메데스를 제외하고는 그 어느 신에게든 상처를 입힌 사람이 없기 때문이다. 이 신화는, 그 자체로는 어설프고 공허한 것이었지만 스스로 종교적 파벌을 형성해 신에 가까운 숭배를 받는 데 모든 것을 걸었던, 그리고 그러한 종파를 불과 칼을 통해 전파하고자 했던 인간 유형과 그의 운명을 묘사하고 있다. 비록 피로 얼룩진 종교상의 다툼과 불화들이 고대인들에게 알려지지는 않았지만, 그들의 지식은 워낙 풍부하고 널리 퍼져 있어서 그들은 직접 경험하지 않고도 알게 된 것들을 생각과 표현 속에 함축했다. 비록 공허하고 부패하고 악랄하기는 하지만 어떤 종파(신화에서 아프로디테라는 인물로 상징되는)를 개혁하거나 세우고자 하는 사람들, 그 종파를 이성과 학식의 힘, 혹은 성스러운 방식을 통하거나 논증과 본보기를 내세우는 대신 박해와 고통, 형벌, 고문, 불과 칼을 앞세워 확산시키거나 근절하고자 하는 사람들은 어떤 엄격하고도 신중한 생각과 엄중한 판단, 그리고 활력과 유효성 같은 것을 중요시하는 팔라스(아테나)와 같은 인물에 선동당하기 쉽다.

그들은 이를 통해 이런 종류의 망상들이 갖는 허구성과 오류들을 철저히 꿰뚫어본다. 부패와 타락을 혐오하고 선의의 열정으로 무장한 그들은 한동안 큰 명성과 영예를 얻는 게 보통이다. 또 온건한 수단들을 용납할 줄 모르는 평민들의 격찬을 한 몸에 받으며 거의 숭배의 대상으로 떠오르기도 한다. 그들이 진실과 종교의 유일한 후원자이자 수호자로 떠받들어지는 가운데 상대적으로 다른 성향의 사람들은 미적지근하고 비열하며 비겁한 사람으로 치부된다. 하지만 이러한 명성과 행운이 끝까지 지속되는 경우는 거의 없다. 사태의 역전과 변화가 일기 전에 그 종파가 디오메데스의 죽음처럼 때 이르게 역사의 뒤안길로 사라지지 않는 한 모든 폭력은 언젠가는 그 한계를 드러내는 게 보통이다. 만일 상황이 변해서 박해받고 압제받던 종파가 다시 힘을 얻어 일어선다면 이런 부류의 인간이 보여준 열정과 열띤 노력은 규탄의 대상이 되고 그들의 이름 자체도 역겨운 것이 되며 그들의 모든 영예는 치욕으로 막을 내린다.

디오메데스가 자신을 극진히 환대했던 사람에 의해 살해된 것은 종교적 불화가 가장 가까운 친구들 사이에서도 배신과 피로 얼룩진 적개심과 기만을 야기할 수 있다는 사실을 보여준다.

이런 재앙 앞에서 처벌받지 않고 살아남은 동료들이 불만을 품거나 그 죽음을 애도하는 일은 많은 사례에 비추어볼 때 허용되어서는 안 된다. 이 신중한 경고는 죽은 자가 아무리 사악하고 부패한 자일지라도 그를 동정할 여지가 사람들에게 여전히 남아 있다는 사실에 근거한 것이다. 사람들은 그의 죄를 미워하면서도 자비와 온정이라는 차원에서, 또 종교상 불경한 것이라면 그러한 동정이 주목받고 의심받을 수 있지만 극단적인 악이 아니라면 동정과 애도의 물결은 허용되어야 한다는 원칙하에, 여전히 그 사람에게 연민의 정을 느끼고 그에게 닥친 재앙을 애통해할 수 있기 때문이다. 반면에 디오메데스의 추종자와 측근들의 애도와 불평은 죽어가는 백조의 울음소리처럼 통상 매우 감미롭고 큰 거부감 없이 받아들일 만하며 심지어 감동적이기까지 하다. 이 또한 품격 있고 주목할 만한 비유이다. 종교를 위해 고통받는 사람들의 마지막 말은 사람들의 마음을 뒤흔들어 그들의 심중에 강력한 영향을 미치며 감성과 기억에 지속적인 인상을 남긴다.

XIX

❧

다이달로스, 기술
왕국과 국가의 기술과 장인들에 관하여

다이달로스(Daedalus)는 손재주가 뛰어났다. 그는 조카 페르딕스(Perdix, 또는 탈로스Talus)를 제자로 삼고 있었다. 페르딕스도 다이달로스 못지않은 천재였다. 오히려 스승을 능가하는 재주를 지니고 있었다. 그래서 그는 조카를 시기한 나머지 어느 날 페르딕스를 아크로폴리스 언덕 밑으로 밀어 떨어뜨려 죽였다. 하지만 사건은 곧 들통이 나 다이달로스는 국외로 추방당하고 말았다.

이 소식을 들은 미노스(Minos) 왕은 그를 초대해 크노소스 궁전의 건축을 맡겼다. 미노스는 재주 많은 그를 몹시 아껴 크레타 여인 나우카테(Naukate)와 결혼도 시켜주었는데, 그 사이에서 아들 이카로스를 얻었다.

한편 왕비 파시파에(Pasiphae)는 남편 미노스가 포세이돈을 괄시한 대가로 저주를 받게 되는데, 포세이돈이 크레타로 보낸 황소와 사랑에 빠지게 만들었다. 다이달로스는 파시파에를 위해 나무로 된 암소를 만들어주고, 파시파에는 그 안에 들어가 포세이돈의 황소와 교접했다. 이 비정상적인 교접으로 그녀는 황소의 얼굴과 인간의 몸을 한 괴물 미노타우로스(Minotaur)를 낳았다. 미노타우로스가 어렸을 때는 파시파에가 길렀으나 커가면서 난폭해져 통제가 되질 않았다. 미노스는 자신이 왕가의 수치이며 난폭한 이 괴물을 처리하기 위해서 다이달로스에게 아무도 빠져나올 수 없는 복잡한 미궁(迷宮) 라비린토스(Labyrinth, 라비린스)를 만들게 했고, 그 중앙에 미노타우로스를 가두어 버렸다.

그러나 이 괴물을 없애려고 테세우스가 왔을 때 공주 아리아드네가 미궁을 탈출하는 방법을 알려달라고 해서 실타래를 풀어 탈출하는 방법을 알려 주는 바람에 다이달로스는 미노스의 미움을 받았다. 이를 눈치 챈 다이달로스는 남들이 엄두도 못 낼 기발한 발상으로 탈출을 도모했다. 하늘을 날아 탈출할 계획을 세운 것이

다이달로스와 추락하는 이카로스 (17세기 부조). 오른쪽 하단애 미궁이 자리잡고 있다.

다. 큰 새들의 깃털을 밀랍으로 접착해 날개를 만든 그는 이카로스를 데리고 하늘로 날아올랐다.

하늘을 날게 된 이카로스는 처음에는 불안해했으나 시간이 흐르자 점점 대담해졌다. 태양에 너무 가까이 가면 밀랍이 녹을 테니 너무 높이 날지 말라고 다이달로스가 충고했으나 자만에 빠진 젊은 이카로스는 점점 더 높이 날아갔다. 마침내 태양에 가까이 가자 밀랍이 녹아 깃털이 하나씩 떨어져 나갔다. 놀란 이카로스는 곧바로 내려가려고 했지만 한번 열을 받은 밀랍은 사정없이 녹아 내렸다. 이카로스는 날개를 잃고 한없이 추락하고 말았다. 이카로스는 자기가 떨어져 죽은 에게 해의 오른 쪽 바다와 어떤 섬에 이름을 남겼는데, 그곳이 바로 '이카리아 해'(Icarian Sea)와 '이카리아 섬'(the island of Icaria)이다.

모든 일에 지나침이 없어야 한다는 중용의 덕을 지켜 적당한 높이로 난 다이달로스는 무사히 살아남았다. 이카로스의 무모한 도전과 다이달로스의 현명한 절제가 대비된다.

***

고대인들은 매우 기발하면서도 혐오스러운 기술자, 다이달로스라는 인물을 통해 기계 조작 기술과 연구 그리고 악용될 우려가 있는 특이한 기술들을 묘사해놓고 있다. 다이달로스는 같은 기술자이자 경쟁자인 형제를 살해한 죄로 유배형에 처해졌지만 그가 유배당한 나라와 국왕들에게 융숭한 대접을 받았다. 그는 그 누구도 필적할 수 없는 수많은 건축물들을 지어 신들을 영예롭게 했고 도시와 공공장소를 아름답게 꾸미고 기품 있게 해주는 수많은 새로운 고안품들을 발명했다. 하지만 그는 여전히 사악한 발명품들로 훨씬 더 유명하다. 다이달로스는 그 가공할 근면성과 파괴적인 천재성을 동원해서, 유망한 청년들을 잡아먹는 괴물 미노타우로스(Minotaur, 그리스 신화에 나오는 반인반우半人半牛의 괴물로, 크레타의 왕 미노스의 아내 파시파에와 다이달로스가 만들어준 황소 사이에서 태어났다)의 탄생을 돕는다. 이 일은 그가 한 그 어떤 일보다 치명적인 것으로 악명 높다. 그런 다음 하나의 해악을 다른 해악으로 덮기 위해, 또 이 괴물을 안전하게 보호하기 위해 그는 미로 하나를 설계해 만들었다. 이 또한 그 목적과 형태로 인해 악명 높지만 거기에 동원된 기술과 기량은 가히 감탄을 자아낼 만큼 경이로운 작품이다.

이후 그는 사악한 발명품들로 주변의 찬사를 받았지만, 그렇듯 화를 불러오는 도구들 말고도 그런 화를 막을 방책을 마련하기 위해 그를 찾는 경우도 많았다. 그 한 예로 다이달로스는 구불구불한 미로를 단번에 통과할 수 있는 기발한 안내 장치를 만들어내기도 했다. 미노스는 다이달로스를 가혹할 정도로 심문하고 다그치며 끊임없이 괴롭혔다. 하지만 그는 언제나 자기만을 위한 피난처와 탈출 수단을 마련해두고 있었다. 다이달로스는 자기 아들 이카로스에게 비행술을 가르쳤다. 그런데 풋내기 비행사 이카로스는 아버지가 개발한 날개를 지나치게 믿은 나머지 높은 창공을 비행하던 중 바다로 추락해 물에 빠져 죽었다.

이 신화는 다음과 같은 의미를 담고 있다. 우선 신화는 묘하게도 뛰어난 장인들 사이에서 쉽사리 눈에 띄는 끊임없는 감시와 시기심을 함축하고 있다. 이들처럼 서로에 대해 집요하게 파괴적으로 질투하는 부류도 찾아보기 힘들다.

두 번째로 신화는 다이달로스에게 가해진 졸렬하고도 경솔한 처벌, 즉 유배형에 주목한다. 뛰어난 장인들은 어디서든 환영받기 때문에 탁월한 기술을 가진 장인에 대한 유배형은 결국 처벌이라 하기 힘들다. 자기 고국에서는 처벌이 아닌 다른 삶의 조건들이 자라나 꽃피우기 쉽지 않다. 기술자들은 외국인과 이방인들 사이에서 오히려 큰 찬사를 받는다. 자기 나라의 기술자들을 경시하고 경멸하는 것은 사람들의 정신 속에 마치 하나의 신조처럼 자리 잡고 있다.

신화의 이어지는 이야기는 인간의 삶이 큰 은혜를 입고 있는 기술의 활용과 명백히 관련되어 있다. 인간은 이 보물창고로부터 종교적 봉사와 시민사회의 장식에 필요한 수많은 물건들, 삶의 모든 도구와 용품들을 조달받는다. 하지만 사람들은 같은 창고에서 욕망과 잔혹함과 죽음의 도구들 역시 공급받는다. 사치와 방탕의 기술들은 말할 것도 없고, 효과 만점인 독약과 대포와 갖가지 전쟁수단들을 비롯한 파괴적인 발명품들이 미노타우로스 자신의 잔인성과 야만성을 훨씬 능가하는 힘을 발휘한다는 사실을 우리는 명백히 알고 있다.

여기에 미로가 추가되면서 비유도 아름다움을 더한다. 미로는 기술의 일반적인 성격을 상징한다. 기발하고 정밀한 모든 기계적 발명은 결국 미로와 같은 것일 수 있다. 복잡 미묘하고 서로 교차하고 간섭하면서도 구별할 수 없을 정도로 닮아 있어 아무리 뛰어난 판단력을 소유한 사람도 쉽사리 그 수수께끼를 풀 수 없기 때문이다. 결국 우리는 경험을 단서로 이런 기계적 발명품들을 이해하고 추적할 수 있을 뿐이다.

서로 복잡 미묘하게 얽혀 있는 미로를 발명한 그 역시도 그러한 단서를 활용하고 운용한다는 사실을 신화는 사려 깊게 보여준다. 기술들은 그것을 활용하는 데 애매모호하고 이중적인 측면을 가진다. 따라서 해악과 파괴를 방지하는 한편으로 그것들을 조장하는 데도 활용된다. 그 경우 기술이 갖고 있던 미덕은 대부분 파괴되거나 실종된다.

미노스는 사람들이 불법적인 기술들을 사용할 수 없도록 규정한 법에 따라 그러한 기술들을 박해했지만 사실상 기술 그 자체를 박해하는 경우가 잦았다. 아무튼 불법적인 기술을 금했음에도 불구하고 그런 기술들은 도처에서 환영받으며 은밀히 활용되었다. 타키투스(Tacitus, 로마 제정시대의 역사가. 호민관·재무관·법무관을 거쳐 콘술을 지냈다. 주요 저서로는 『역사』, 『게르마니아』 등이 있다)는 동시대의 점성술사와 점쟁이들에 관해 언급하면서 이러한 현상을 꼬집었다. "이들은 우리 도시에서 언제나 금지되어야 할 존재지만 언제까지고 그 존재를 이어갈 그런 부류의 인간들이다."

하지만 그것이 어떤 종류의 것이든 불법적이거나 쓸데없는 기술은 시간이 가면 결국 그 빛을 잃는다. 이카로스처럼 사용자가 그 기술을 과신함으로써, 그러니까 기술 그 자체가 사용자들의 기대를 저버림으로써 점차 외면당하다가 폐기처분된다. 사실인즉 그러한 기술들은 법의 굴레에 의해 억제되고 제한된다기보다는 그 자체의 알맹이 없는 허세에 의해 자멸한다.[18]

XX

✦

에리크토니오스, 사기행위

자연철학에서 힘의 부적절한 사용에 관하여

에리크토니오스(Erichthonius)는 아테나이(아테네) 초기의 왕이다. 전설에 따르면 그는 가이아, 즉 대지에서 태어나 아테나 여신에 의해 길러졌다고 알려졌다.

트로이 전쟁 당시 아테나는 전쟁에서 사용할 무기 제작을 위해 헤파이스토스의 대장간에 찾아갔다. 이때 헤파이스토스가 아테나의 아름다움에 반해 그녀를 강제추행하려 하자 아테나는 필사적으로 저항했고, 이 과정에서 헤파이스토스의 정액이 아테나의 허벅지에 묻었다. 달아난 아테나는 올리브 잎으로 정액을 닦아 땅에 버

안토니오 템페스타(Antonio Tempesta)의 『바구니에서 빠져나오는 에리크토니오스』 (1606)

렸는데, 이로 인해 대지의 여신 가이아가 에리크토니오스('땅에서 태어난 애물단지'라는 뜻이라고 한다)를 잉태하게 되었다.

뜻하지 않게 아기를 가진 가이아의 성화에 아테나는 아기를 맡아 아들로 삼게 된다. 아테나는 아기를 불사신으로 만들기 위해서 그를 감시하기 위한 뱀과 함께 바구니에 넣고, 아테나이의 왕 케크로프스(Cecrops)의 세 자매(헤르세Herse, 아글라우로스Aglaurus, 판드로소스Pandrosus)에게 맡기면서 절대로 열어보지 말라고 당부했다.

하지만 그녀들은 호기심이 넘쳐 결국 바구니를 열어 보았다. 그 안에 두 마리 뱀에게 감긴 채 들어있는 에리크토니오스를 보자 그만 실성하여 아크로폴리스의 언덕에서 자살하고 말았다. 뱀에 물려죽었다는 설도 있는데, 아무튼 아테나는 에리크토니오스를 바구니에서 꺼내 파르테논 신전으로 옮겨 길렀다.

다른 이야기에서는 아테나가 팔레네 반도(the Pallene peninsula)에서 아크로폴리스를 짓는데 쓸 산을 가져오는 동안 아기가 든 바구니를 케크로프스의 딸들에게 맡겼다고 한다. 아테나가 멀리 있는 동안, 아글라우로스와 헤르세는 바구니를 열어보았고, 이 광경을 목격한 까마귀가 아테나에게 날아가 보고하자 아테나는 화가나 옮기던 산을 떨어뜨려 버렸다. 이 때 떨어진 산이 바로 지금의 리카베토스 산(Mt. Lykabettos)이 되었다. 두 딸들은 상반신은 인간이고 하반신은 뱀인 에리크토니오스를 본 뒤 미쳐서 절벽 아래로 몸을 던졌다고 한다.

장성한 에리크토니오스는 크라나오스(Cranaus)를 폐위시킨 암픽티온(Amphictyon)을 몰아내고 아테나이의 왕이 된다. 전통 그리스 신화와 영웅들의 전설을 포괄적으로 요약한 책 『비블리오테케』(Bibliotheca)에 따르면, 그는 물의 요정 나이아드들(Naiades) 중 한명인 프락시테아(Praxithea)와 결혼하여 아들 판디온 1세(Pandion I)를 두었다고 한다. 에리크토니오스가 왕위에 오른 동안 아테나는 그를 보호해주었다. 그래서 그는 아테나 여신을 기리는 파나테이아 축제(Panathenaic Festival)를 열어주었고, 그녀의 목제 조각상을 아크로폴리스에 세우기도 했다. 대리석에 새겨진 고대 그리스의 『파로스 연대기』(The Parian Chronicle or Parian Marble)에 따르면, 그는 말로 모는 수레로 쟁기를 끄는 법을 백성들에게 가르쳐 주었다고 하며, 4두마차도 발명했다고도 한다. 그의 재주를 아깝게 여긴 제우스는 그를 별자리에 앉혀주었는데, 그것이 바로 '마차부자리'(Auriga)이다.

**

시인들은 불카누스(Vulcan, 로마 신화에서 불과 대장장이의 신으로 유피테르와 유노사이에서 태어난 신이다. 그리스 신화의 헤파이스토스에 해당한다)가 미네르바의 순결을 범하려다 미네르바가 이를 거부하자 화가 난 불카누스가 완력을 동원했고 그 결과 에리크토니오스가 태어났다고 말한다. 그의 상반신은 준수하고 균형이 잘 잡힌 데 반해 허벅지와 정강이는 마치 뱀장어처럼 왜소하게 오그라들어 기형적이었다. 이러한 신체적 결함을 의식한 에르크토니오스는 자신을 품격 있는 인물로 보여주기 위해, 하지만 사실은 자신의 기형적 하반신을 감추기 위해 마차를 발명했다.

이 기묘한 신화는 다음과 같은 의미를 담고 있는 듯하다. 신화에서 불카누스란 인물은 불의 다양한 활용도에 빗대어 기술을 상징하며 미네르바는 자신의 작품에 쏟아 부은 헌신성에 비추어 자연으로 상징된다. 따라서 기술은 자기 목적에 맞춰 자연을 정복하고 억누르고 굴복시키기 위해 자연에 온갖 학대와 폭력을 가하지만 애초의 목표를 달성하는 경우는 극히 드물다. 큰 다툼과 실랑이가 오고간 끝에 얻는 것은 결국 부적절한 탄생, 즉 외양은 그럴 듯하지만 활용하기에는 어딘가 약하고 불안정한 하반신 불구의 실패작이다.

그럼에도 불구하고 장대한 겉치레와 사람들을 현혹시키는 외양은 사기꾼들이 의기양양하게 내보이며 자랑하기에 안성맞춤이다. 이는 화학제품이나 새로운 기계발명품에 매우 통상적이면서도 눈에 두드러지는 절차로서 특히 발명가들이 자신의 실수를 바로잡기는커녕 오히려 고수하고 자연에 사랑을 호소하기는커녕 계속해서 자연과 다툼을 벌일 때 흔히 발생한다.

XXXI

데우칼리온, 원상회복

자연철학에 담긴 유용한 암시에 관하여

『파로스 연대기』에 따르면, 데우칼리온 (Deucalion)은 프티아의 왕이었다. 그는 프로메테우스와 클리메네 사이에서 태어났으며, 프로메테우스의 동생 에피메테우스와 판도라 사이에서 태어난 딸 피라(Pyrrha)와 결혼했다. 이들 사이에서 헬렌(Helen)이 태어났는데, 그는 오르세이스라는 요정과 결혼해 도로스, 크스토스, 아이올로스 등을 낳았다. 이들은 그리스인들의 조상이 되었으며, 자신들을 헬레네스(Hellenes)라고 불렀다.

그에 관한 신화는 『구약성서』 노아의 방주 이야기와 비슷한 구성

페터 루벤스의 『데우칼리온과 피라』 (1636)

을 띠고 있다. 인간이 청동의 시대를 지나 철의 시대로 넘어가자, 사악한 본성이 극에 달했다. 이에 분노한 제우스가 인류를 홍수로 멸망시키려 하자 프로메테우스는 아들 데우칼리온에게 미리 방주를 만들어 놓으라고 했다. 드디어 홍수가 일자 데우칼리온은 피라와 함께 방주를 타고 9일 밤낮을 떠돌다가 포세이돈의 아들 포코스(Phocus)에서 지명을 따온 포키스(Phocis)의 파르나소스 산에 도착했다.

무사히 살아남은 그들은 인간이 자신들뿐이라는 것을 깨닫고 어떻게 다시 인류를 번성시켜야 할지를 고민하기 시작했다. 두 사람은 법과 정의의 여신인 테미스(Themis, 우라노스와 가이아Gaia 사이에서 태어난 12명의 티탄 중 한 명이다)에게 기도해서 신탁을 묻기로 했다. 그러자 테미스는 다음과 같이 신탁을 내렸다. "머리에 베일을 쓰고 옷을 벗은 뒤 이 신전을 떠나거라. 그리고 너희 어머니의 뼈를 너희 뒤로 던져라."

데우칼리온은 이 말의 진정한 의미를 곰곰히 고민한 끝에 진짜 어머니의 뼈가 아닌, 대지를 어머니로 보고 대지를 구성하는 돌들을 뼈라고 여겼다. 그리하여 두 사람이 베일을 뒤집어 쓰고 돌멩이를 들어 머리 너머로 던지자, 데우칼리온이 던진 돌로부터는 남자가, 피라가 던진 돌로부터는 여자가 탄생했다고 한다.

이렇게 해서 다시 인류가 늘어났으며, 이후에 데우칼리온은 인류의 제2 시조로 그 공적을 인정받았고, 하늘로 올라가 물병자리(Aquarius)가 되었다고 한다.

***

시인들은 구세계 주민들이 데우칼리온과 피라를 제외하고는 대홍수로 모두 괴멸당했다고 전한다. 인류를 복원하기 위해 열렬히 기도하던 두 사람은 그 답으로 다음과 같은 신탁을 받았다. "그대들 어머니의 뼈를 등 뒤로 던지면 그 뜻이 이루어지리라." 이런 신탁을 받은 두 사람은 처음에는 엄청난 슬픔과 절망에 빠져들었다. 대홍수로 모든 것이 파묻힌 상태에서 어머니의 무덤을 찾을 가망이란 전혀 없었기 때문이다. 하지만 둘은 결국 신탁에서 말하는 어머니의 뼈가 만물의 어머니인 대지의 돌을 의미한다고 해석했다.

이 신화는 자연의 비밀을 드러내고 인간 정신에 익숙한 하나의 실수를 바로잡는 듯하다. 무지한 인간은 마치 불사조가 스스로 몸을 불태운 뒤 그 재로부터 부활했다고 전해지듯이 사물들을 부패 혹은 그 잔해로부터 원상회복시켜 복원할 수 있다고 생각한다. 하지만 이는 매우 비정상적인 절차이다. 그러한 종류의 물질들은 자신이 거쳐야 할 과정을 마친 뒤에는 동일 물질을 다시 싹틔우기에 절대적으로 부적절한 상태가 되기 때문이다. 따라서 만일 원상회복을 한다면 보다 일반적인 원리들에 따라 이루어져야 마땅하다.

XXII

네메시스, 사물의 영고성쇠

운명의 역전에 관하여

네메시스(Nemesis, '네메시스의 성지인 람누스의 여신'이라는 뜻의 람누시아Rhamnousia로도 불린다. 또 '불가피한 것'이라는 뜻의 아드라스테이아Adrasteia라는 이름도 갖고 있다)는 그리스 신화에 등장하는 '율법과 응징의 여신'으로, 로마 신화의 인비디아(Invidia, envy의 어원)에 해당한다. 오케아노스 혹은 제우스의 딸이라는 이야기가 있으며, 헤시오도스에 따르면 그녀는 에레보스와 닉스 사이에서 태어났다고도 한다.

호메로스 이후의 신화에 따르면, 네메시스는 제우스의 사랑을 받았으나 그를 피하려고 거위로 변해 도망다녔다. 그러자 제우스가 백조로 변해 그녀를 겁탈했으며, 마침내 그녀가 알을 낳았고, 스파르타의 왕비 레다가 그 알을 주어다가 길렀다. 거기서 바로 그리스 최고의 미녀이자 트로이 전쟁의 원인이 되는 헬레나(Helena)가 태어났다고 한다.

루마니아의 화가 게오르게 타타레스쿠
(Gheorghe Tattarescu)의 「네메시스」(1853)

그녀는 단순한 복수가 아니라 정의롭고 정당한 보복만 행한다고 한다. 하지만 그 '정의'나 '정당'은 신의 입장에서 보는 것이었다. 따라서 네메시스가 생각하는 불의에는 인간이 지나치게 복을 누리는 것도 포함된다. 인간은 어디까지나 인간인데 지나치게 복을 누리면 오만(hubris 또는 hybris, 영국의 역사가 아놀드 토인비가 처음 사용한 용어. 지나친 오만과 자신에 대한 맹목적 과신 그리고 그로부터 비롯되는 폭력 따위를 통틀어 이르는 말인데, 신의 영역에까지 침범하려는 인간의 오만함이 의인화된 그리스 여신의 이름에서 유래했다. 특히 이 개념은 고대 그리스의 비극작품을 이해하는 열쇠이기도 하다)에 빠져 신의 영역을 넘보기 때문이다. 오만이라는 병에 걸리면 두 눈을 부릅뜨고 직시해야 할 현실 감각을 상실하고 자신의 능력을 과신한다. 눈앞의 현실을 보지 못하니 자신에게 닥쳐오는 위험도 감지하지 못한다. 오만에 빠져 눈 뜬 장님이 되었을 때 찾아오는 불행을 고대 그리스인들은 네메시스(nemesis)라고 했다.

로마인들에 의해서 수입된 네메시스는 가장 쓸모가 많았다. 전쟁에 출전하기 전에 로마인들은 그 여신에게 제물을 바치고, 그녀가 자신들의 보호자임을 선언함으로써 자신들의 침략행위가 정당한 것임을 전 세계 또는 그들 자신들에게 확신시키려고 애썼다. 그것을 사람들에게 충분히 인식시키기 위해서 로마인들은 로마에서 가장 높은 카피톨리누스(Capitolinus, 수도 capital의 어원) 언덕 위에 네메시스의 조각상을 세웠다.

네메시스는 주로 '겸손과 염치의 여신' 아이도스(Aidos)와 함께 다니는데, 둘이 지상을 떠나면 인간은 재앙을 피할 수 없게 된다고 한다. 즉 이 둘은 인간들이 신들에게 도전하지 못하게 만드는 일종의 제어장치 역할을 한 것이다.

***

네메시스는 모든 이들이 숭배하지만 권력자들과 행운아들은 두려워하는 여신으로 묘사된다. 네메시스는 밤의 여신 녹스(Nox)와 오케아노스(Oceanus, 그리스 신화에 나오는 대양의 신으로 천공(天空, 우라노스)과 대지(가이아) 사이에서 태어난 티탄족의 한 사람이다) 사이에서 태어난 딸로 알려져 있다.

네메시스는 날개를 달고 왕관을 쓴 채 오른손에는 물푸레나무로 만든 창을, 왼손에는 에티오피아인들을 담은 잔을 들고 사슴을 탄 모습으로 묘사된다.

이 신화는 다음과 같이 해석된다. 네메시스란 단어는 명백히 복수와 응징을 의미한다. 이 여신의 일이란 영원히 지속되는 지극한 행복 한가운데로 끼어들어 마치 로마의 호민관들처럼 '나는 그것을 금지한다(veto)는 말 한마디를 날리는 것이기 때문이다. 네메시스는 이를 통해 오만을 꾸짖을 뿐 아니라 순수하고 평범한 행복에도 고난을 다시 선사한다. 마치 잠시 위안 받기 위해서라면 몰라도 인간 가운데 그 누구도 신들의 연회에는 입장할 수 없다고 선포하는 듯하다.

실제로 플리니우스(Pliny, 서기 23~79년. 고대 로마의 박물학자, 정치인, 군인으로 백과사전 『박물지』를 저술했다. 일반적으로는 대 플리니우스로 불리며 소 플리니우스는 문인이자 정치인으로 대 플리니우스의 조카이자 양자이다)의 저작 중 아우구스투스 카이사르의 불행과 불운을 다루고 있는 부분을 꼼꼼히 읽어본 사람이라면 그동안 카이사르에 대해 지녀온 생각을 바꾸지 않을 수 없을 것이다. 인류 역사상 최고의 행운아로 치부되던 인물, 호방하고 사내다우며, 침울하거나 가볍지 않은 냉철한 정신의 소유자로 자신에게 주어진 행운을 활용하고 즐기는 남다른 기술을 갖고 있던 사내가 바로 이 위대하고도 강력한 여신의 제단에 바쳐진 제물에 불과했음을 어쩔 수 없이 깨닫게 된다.[19)]

이 여신의 부모는 대양의 신 오케아노스와 밤의 신 녹스였다. 말하자면 사물의 요동치는 변화와 어둡고 내밀한 신의 섭리가 결합된 결과였다. 사물의 변화라 하면 밀물과 썰물이 끊임없이 반복되는 대양(Ocean)을 쉽사리 떠올릴 수 있다. 또 내밀한 섭리는 밤으로 타당하게 표현된다. 이교도들조차도 이렇듯 내밀한 밤의 네메시스, 혹은 신의 판단과 인간의 판단 간의 차이를 주시했다.[20)]

네메시스는 날개가 달려 있는 모습으로 그려진다. 이는 사물의 갑작스럽고 예상 못한 변화들 때문이다. 인간이 시간에 관해 처음 기술한 이래로 위대하고 사려 깊은 인간들이 스스로 가장 경시했던 위험으로 인해 속절없이 추락하는 일은 흔히 있어 왔다. 따라서 브루투스(Brutus, 기원전 85~42. 고대 로마의 정치가로 카이사르 암살의 주모자)가 옥타비우스(Octavius, 카이사르의 왕자가 된 이후에는 옥타비아누스로 불렸고, 나중에 안토니우스를 제거하고 아우구스투스가 된다)의 배신과 적개심에 관해 경고하자 키케로는 태연하게 이런 답장을 보냈다. "너무도 하찮은 일이기는 하지만, 브루투스, 자네가 내게 그런 사실을 알려준 데 대해 마땅히 감사하지 않을 수 없구나."[21]

또한 네메시스가 왕관을 쓰고 있는 것은 행운아들과 권력자들이 몰락하는 모습을 보며 크게 기뻐하고 환호하면서 네메시스에게 왕관을 씌워준 속인들의 악의에 찬 몹쓸 성격 덕분이다. 네메시스의 오른손에 창이 들려 있는 것은 이 여신이 실제로 타격을 주고 상처를 입힌 사람들을 염두에 둔 설정이다. 하지만 네메시스의 타격을 피한, 혹은 실질적인 재앙이나 불행을 느끼지 못한 사람들에게는 여신은 왼손의 어둡고 음산한 광경을 통해 두려움을 심어준다. 행복의 최절정에 있는 사람들은 그들 역시 언젠가 죽을 운명을 타고 났기 때문에 여신의 잔 안에 담긴 에티오피아인들이 상징하는 죽음, 질병, 재앙, 신뢰할 수 없는 친구들, 잠복해 있는 적들, 행운의 역전 등을 머릿속에서 떨쳐버리지 못한다.

따라서 베르길리우스(Vergilius, 기원전 70~19년. 로마의 시성(詩聖)으로 불리며 로마의 국가 서사시 『아이네이스』의 저자이다)는 악티움 해전(Battle of Actium, 기원전 31년 그리스 악티움에서 일어난 해전으로, 옥타비아누스가 클레오파트라와 안토니우스 연합군을 물리친 전쟁)을 묘사하면서 클레오파트라에 관해 이렇게 말한다. "그녀는 아직 그

네덜란드 화가 로레이(Laureys a Castro)의 『악티움 해전』(1672)

녀 뒤에 도사리고 있는 두 마리 독사를 인식하지 못하고 있었다."[22] 하지만 클레오파트라는 머지않아 에티오피아 대군이 사방에서 자신을 에워싸고 있음을 깨달았다.

마지막으로 네메시스가 사슴을 타고 앉은 모습이 의미심장하게 덧붙여진다. 사슴은 수명이 매우 긴 동물이다. 여기에는, 아마도 젊은 시절에 때 이른 죽음을 맞이한 사람이라면 이 여신의 손길을 피할 수 있겠지만 넘쳐나는 행복과 권세를 오랫동안 누리는 사람들은 결국 그녀의 발아래 놓이고 만다는 의미가 담겨 있다.

XXIII

아켈로오스, 전쟁

침략전쟁에 관하여

헤시오도스의 『신통기』에 따르면, 아켈로오스 (Achelous)는 오케아노스와 테티스의 아들로, 강의 신이다. 원래는 모든 강의 신으로 다른 강들은 그의 힘줄에서 갈라져 나온 것이라고 하지만, 좁게는 그리스의 에겔로오스 강의 신으로 알려져 있다.

그는 변신술이 능했는데, 그 중에서도 주로 숫소나 큰 뱀으로 변한다고 알려져 있다. 예술작품에서는 인간의 몸통에 머리는 숫소와 같은 뿔과 수염과 긴 머리카락을 지녔으며, 하반신은 뱀과 같은 물고기의 모습으로 그려진다.

지오반니 자코포 카라글리오(Giovanni Jacopo Caraglio)의
『황소로 변한 에켈로오스를 제압하는 헤라클레스』(16세기 세밀 목판화)

한 번은 헤라클레스가 저승에 간 적이 있었다. 거기서 칼리돈
(Calydon)의 왕 오이네우스(Oeneus)의 아들 멜레아그로스(Meleager)
를 만났는데, 그는 외삼촌들을 죽인 벌로 어머니 알타이아(Althaea)
에게 죽임을 당해 그곳에 있었다. 그는 헤라클레스에게 자기 여동

생 데이아네이라(Deianeira)가 절세미인이니 청혼해보라고 권유했다. 그래서 헤라클레스는 데이아네이라에게 청혼했다. 그런데 아켈로오스도 데이아네이라에게 청혼을 했기 때문에, 두 사람은 데이아네이라를 둘러싸고 격렬히 싸움을 벌였다. 아켈로오스는 여러 가지 모습으로 변신해 헤라클레스를 농락했으나 숫소의 모습으로 변신했을 때, 헤라클레스가 그의 한쪽 뿔을 꺾어 굴복시키고 말았다.

그래서 매년 봄이 가까워지면 홍수가 이는데, 고대 그리스 사람들은 이를 패배한 아켈로오스가 분을 참지 못하여 난동을 부리는 것이라고 여겼다.

두 사람의 싸움에서 헤라클레스가 꺾은 아켈로오스의 뿔은 과일이나 재물을 무진장 낳는 '풍요의 뿔'(cornucopia)이 되었다고 한다. 아폴로니우스의 『아르고호 이야기』에 따르면, 아켈로오스와 뮤즈 테르프시코라 사이에서 세이렌(그리스어로 Seiren, 라틴어로 시렌 Siren, 영어로는 사이렌Siren)들이 생겨났다고도 한다.

***

고대인들은 헤라클레스와 아켈로오스가 데이아네이라를 두고 연적 관계였다고 말한다. 두 사람은 단판의 결투로 데이아네이라를 차지할 사람을 정하기로 했다. 자기 모습을 자유자재로 바꿀 수 있었던 아켈로오스는 시험 삼아 이런저런 모습으로 변신해보다가 결국 성난 황소의 모습으로 결투하기로 했다. 반면에 헤라클레스는 인간의 모습 그대로 아켈로오스와 대결한다. 이 결투에서 헤라클레스는 황소의 한쪽 뿔을 뽑아 승리한다. 그러자 엄청난 고통과 함께 잔뜩 겁을 먹은 아켈로오스는 자기 뿔을 되찾기 위해 헤라클레스에게 코르누코피아를 바친다.

이 신화는 군사 원정 및 전쟁 대비와 관련되어 있다. 신화에서 아켈로오스로 상징되는 방어하는 측은 다양한 형태로 전쟁에 대비한다. 반면에 공격하는 측은 단일 부대나 단일 선단으로 이루어진 단순한 형태를 취한다. 적의 침공을 예상하는 나라는 도시를 요새화하고 적이 침입할 것으로 예상되는 이동로와 강, 항구들을 봉쇄하고 군대를 소집하고 수비대를 배치하고 다리를 놓거나 파괴하고 원군을 요청하고 군량미와 각종 무기 및 군수품을 확충하는 등 준비해야 할 일이 한두 가지가 아니다. 날이 바뀔 때마다 새로운 국면의 형세들이 전개된다. 그리하여 그 나라가 충분히 요새화되고 전쟁 태세가 완비되면 성난 투우의 위협적인 형상을 생생하게 보여준다.

반면에 침략자는 적국에 진입했을 때 곤경에 처할 수도 있다는 우려를 안고 맹렬히 진군한다. 전투가 끝나고 침략자가 전장의 주인으로 남는다면, 말하자면 적의 뿔을 꺾어버렸다면 당연히 성을 지키던 군사들은 잔뜩 겁을 집어먹고 혼비백산해서 치욕스럽게 후방의 거점으로 퇴각해서 스스로 안전을 확보하는 가운데 군사력을 재정비할 것이다. 동시에 그들은 자기 나라에 정복자가 취할 전리품들을 남기고 떠나는데 바로 이 전리품이 신화에서는 아말테이아의 뿔(Amalthean horn, 어린 유피테르를 염소의 젖으로 키운 유모. 어느 날 제우스는 염소와 놀다가 실수로 뿔을 한 개 부러뜨렸는데, 그 안에서 신들의 음식인 넥타르와 암브로시아가 흘러나와 제우스의 양식이 되어주었다. 나중에 제우스는 이 뿔을 유모 아말테이아에게 주면서 그녀가 원하는 모든 것이 그 안에서 나올 거라고 했다. 이것이 바로 아말테이아의 뿔이라고 불리는 '풍요의 뿔'이다) 혹은 코르누코피아로 잘 표현되고 있다.

XXIV

~~~~~~~~~~~~

디오니소스, 바쿠스

열정에 관하여 23)

올림포스 12신에 포함되는 디오니소스 (dionysus)는 제우스와 테바이의 왕 카드모스의 딸 세멜레(Semele, 티오네Thyone라고도 한다) 사이에서 태어났으며, 아리아드네의 남편이다. 주신(酒神)으로 알려져 있으며, 광기·축제·황홀경·풍요·야생·다산의 신이기도 하다. 세멜레가 제우스의 본부인 헤라의 꾐에 빠져 제우스의 원래 모습을 보는 바람에 제우스의 광채에 타 죽었다. 그러자 제우스는 세멜레의 뱃속에 있던 6개월 된 디오니소스를 자신의 넓적다리에 넣고 꿰매어 나머지 달수를 채운 다음 세상에 태어나게 했다. 그래서 두 번(Dio) 태어난 자(nysos)를 의미하는 디

제우스의 광채에 타죽는 세멜레.
구스타프 모로 作(1894-5)

오니소스라는 이름이 붙여
졌다.

디오니소스는 태어나면서
부터 헤라의 미움을 받았다.
그래서 제우스는 디오니소
스에게 여자아이의 옷을 입
히고, 헤라에게 들키지 않도
록 하기 위해 이노(Ino, 세멜
레의 여동생)에게 양육을 부
탁하며 디오니소스를 소녀처
럼 키우라고 당부했다. 디오
니소스는 제우스의 뜻대로
이노의 집에서 2년 동안 여
자아이처럼 길러졌는데, 누
군가가 헤라에게 이 사실을 고자질하여 헤라는 이노와 아타마스
(Athamas, 이노의 남편)을 미치광이로 만들어버렸다. 그리고 성인이
된 디오니소스를 발견한 헤라는 그에게 광기를 불어넣었다. 미치광
이가 된 디오니소스는 이집트와 시리아 곳곳을 방황했다고 한다.
디오니소스가 프리기아 지역에 도착했을 때, 할머니 레아가 디오니
소스를 도와주어 제정신을 찾도록 해주었으며, 그에게 디오니소스

프랑스 화가 윌리암 부게로(William Bouguereau, 1884)의 『청년시절의 바쿠스』

축제 때 행해진 비밀스런 종교의식을 전해주었다고 한다.

디오니소스는 지중해 연안 각지를 떠돌며 포도재배와 와인 제조 기술을 가르쳤으며, 자신을 따르는 무리들에게 할머니에게서 전수받은 종교의식을 가르쳐 그들을 디오니소스의 신도들로 만들었다. 이후 그리스에서 디오니소스를 숭배하는 일련의 무리들이 있었으며, 이들이 디오니소스 축제를 벌였다. 이 축제는 이탈리아 반도로 전해져 '바쿠스 축제'(Bacchanalia)가 되었다.

***

신화는 다음과 같은 이야기를 전한다. 유피테르는 정부 세멜레
(Semele, 카드무스Cadmus의 딸인 그녀는 유피테르와의 사이에서 디오니
소스를 낳았다)에게 무엇이 되었든 소원 한 가지를 들어주기로 약속
했는데 세멜레는 유피테르가 유노를 안는 모습과 방식 그대로 자신
도 안아달라고 요구했다. 두 사람 간의 약속은 결코 어겨서는 안 되
는 것이었기에 유피테르가 그 약속을 실행에 옮기자 세멜레는 번개
에 맞아 불타 죽었다. 하지만 세멜레의 뱃속에서는 태아가 자라고
있었다. 유피테르는 태아를 꺼내 자신의 넓적다리에 넣고 꿰맨 뒤
산달을 기다려 태어나게 했는데, 그동안 한쪽 넓적다리에 태아를 넣
고 다닌 탓에 유피테르는 절룩거리며 걸을 수밖에 없었고 걸을 때마
다 통증을 느꼈다. 디오니소스라는 이름도 이렇게 얻었다.

디오니소스는 태어난 뒤 수년 동안 저승의 신 프로세르피나
(Proserpina, 유피테르와 케레스 사이에서 탄생한 딸이며 플루토에게 납
치되어 저승의 여왕이 됨)의 손에 길러졌다. 장성한 디오니소스는 성
별이 의심스러울 정도로 여성스러운 용모를 하고 있었다. 그 역시
도 죽어 한동안 매장되었다가 훗날 부활한 존재였다. 젊은 시절 디
오니소스는 포도나무 재배법과 포도주 제조법을 처음으로 세상에
알렸으며 포도주 활용법을 가르쳤다. 이런 활약을 통해 유명해진

디오니소스는 심지어 인도제국까지 자기 발아래 두었다. 디오니소스는 호랑이들이 *끄*는 마차를 타고 다녔다. 그의 주변에서는 코발리(Cobali)라 불리는 기형적인 모습의 정령들이 춤을 추었고 뮤즈들도 이 행렬에 끼어들었다. 디오니소스는 테세우스에게 버림받은 여인 아리아드네(Ariadne, 그리스 신화에 나오는 크레타 왕 미노스의 딸이다. 아테네의 왕자 테세우스로 하여금 반인반수의 괴물 미노타우로스를 무찌르고 크레타의 미궁 라비린토스를 빠져나올 수 있도록 실타래를 풀어 도와주었다. 하지만 테세우스는 그녀를 낙소스 섬에 버렸다)와 결혼했다. 담쟁이 넝쿨 아이비(Ivy)는 그에게 바쳐진 성스러운 식물이다.

그는 또한 종교 의례와 격식을 창안하고 제정한 인물로도 알려져 있지만 그 의식들은 타락 행위와 잔혹성으로 가득 찬 광란의 장이었다. 디오니소스는 사람들을 광란으로 몰아넣는 힘을 가지고 있었다. 펜테우스와 오르페우스는 디오니소스가 연 난잡한 술판에서 극도로 흥분한 여자들에게 갈가리 찢겨 죽었다. 펜테우스는 그들이 벌이는 광란의 의식을 구경하려고 나무에 올랐다가 변을 당했고 오르페우스는 사신의 하프 연주 탓에 목숨을 잃었다. 하지만 디오니소스의 행동들 가운데 많은 부분이 유피테르의 행동과 겹쳐 사람들을 당혹스럽게 한다.

이 신화에는 간략한 도덕 체계가 담겨 있는 듯하다. 모든 윤리를 훑어보아도 이보다 더 좋은 발상을 찾아보기 힘들다. 바쿠스의 역사 하에서는 불법적인 욕망 혹은 애착과 무질서의 본성이 공공연히 모습을 드러낸다. 명백히 선한 것처럼 보이는 식욕과 갈증은 늘 지나치게 파괴적인 모습을 띠는 모든 불법적인 욕망의 어머니다. 그리고 모든 불법적인 욕망은 불법적인 소망과 요구 안에 담겨 있다. 사람들은 이들 욕망이 과연 무엇인지 제대로 이해하고 심사숙고하기도 전에 이미 그 욕망을 허락하고 충족시킨다. 애착이 점점 달아오르기 시작하면 그 어머니(선이라는 본성)는 그 열기에 의해 파괴되고 불타 사라진다. 어떤 불법적인 욕망이 배태되거나 그 아버지, 즉 신화에서 유피테르로 상징되는 정신 속에 설익은 채로 존재하는 동안 그 욕망은 특히 정신의 열등한 부분에 똬리를 틀고 모습을 숨긴다. 이 열등한 부분이란 신화에서 인간 신체의 넓적다리에 해당하는데, 넓적다리의 고통은 정신에 경련을 일으키고 정신을 약화시킴으로써 정신의 결단력과 행동을 불완전하고 절뚝거리게 만든다.

이후에도 이런 유아적 정신 상태는 합의와 습관에 의해 공고화하고 힘을 얻어 행동에 돌입한다. 이런 상태는 한동안 여전히 프로세르피나의 보살핌을 받게 될 것임에 틀림없다. 즉 은밀한 방식으로, 다시 말하면 지하세계에 그 머리를 숨긴다. 그러다가 수치심과 두려움이라는 견제장치가 사라지고 거기에 필수적인 대담성까지 가세하면 정신은 어떤 미덕을 가장하거나 아니면 노골적으로 자신에 대한 악평을 비웃는다. 그리고 디오니소스의 성별을 미심쩍어하는 데에는 모든 격정이 갖고 있는 특징이 엿보인다. 모든 격정은 처음에는 남성의 힘을 갖고 있다가 결국 여성의 무기력으로 끝나기 때문이다. 이 신화에는 바쿠스가 죽었다가 다시 일어선다는 설정 또한 매우 적절히 덧붙여져 있다. 애착은 때때로 죽어 더 이상 존재하지 않는 듯 보인다. 하지만 애착이란 신뢰할 수 없는 존재다. 땅속에 파묻혀 있다가도 기회가 있을 때마다 아니면 적절한 대상이 나타날 때마다 언제든지 불쑥불쑥 고개를 쳐들 준비가 되어 있는 게 애착이다.

바쿠스가 포도주를 발명했다는 대목에도 멋진 비유가 담겨 있다. 모든 애착은 자신을 먹여 키울 적절한 물질을 찾는 데는 매우 영악하고 간교한 모습을 보인다. 죽어 사라질 운명으로 태어난 모든 사물들 중에서 포도주는 모든 열정을 부추기고 불붙이는 데 가장 강력하고도 효과적이다. 말하자면 모든 열정에 불을 붙이는 기름과도 같은 존재인 것이다.

신화는 바쿠스가 여러 지방을 정복하고 끝없는 원정을 시도했다고 매우 우아하게 이야기한다. 애착이란 자신이 즐기는 것을 두고 만족한 채 쉬는 법이 없기 때문이다. 만족할 줄 모르는 끝없는 식욕과 갈증으로 계속해서 무언가를 탐한다. 한편 호랑이는 마차를 끄는 온순한 존재를 가장하고 있다. 어떤 애착이 뚜벅뚜벅 걸어가다가 무언가 탈것에 오르는 순간 이성을 마비시키고 자신에 반대하는 모든 것들에 맞서 잔혹성과 흉포함과 폭력성을 드러내기 때문이다.

우스꽝스러운 정령들이 이 마차 주변을 춤추며 뛰노는 상상도 재미있다. 모든 격정은 외설적이고 무질서하고 서로 교감할 수 있는 기형적인 눈짓과 얼굴표정과 몸짓을 만들어낸다. 분노든, 모욕이든 사랑이든 무언가로부터 자극을 받은 사람은 스스로야 위엄 있고 고결하고 정중하다고 느낄지 몰라도 다른 사람 눈에는 천박하고 비루하고 우스꽝스럽게 보인다.

바쿠스의 행렬에서는 뮤즈들도 눈에 띈다. 그 어떤 열정에도 그 열정의 환심을 사려고 아첨을 떠는 예술과 학문과 교리가 뒤따르지 않는 경우는 거의 없기 때문이다. 하지만 이런 측면에서 보면 이른바 천재들의 방종은, 격정의 시녀가 아니라 인간적 삶의 선도자이자 지휘자여야 마땅할 뮤즈의 위엄을 크게 손상시켜 왔다.

바쿠스가 버림받은 여인과 사랑에 빠진다는 설정은 지극히 훌륭한 비유이다. 애착이란 것이 언제나 누군가 경험한 후 버려진 것들을 탐하고 애타게 바란다는 것은 분명한 사실이기 때문이다. 자신의 격정을 만족시키고 탐닉함으로써 큰 즐거움을 느끼는 사람들은 자신들이 탐하고 추구하는 것이 무엇일지라도, 그것이 부든 쾌락이든 명예든 학식이든, 그 밖의 다른 무엇이든, 이미 남녀노소를 막론하고 엄청나게 많은 사람들이 소유해보고 경험해본 뒤에 스스로 치욕스러워 하며 내던져버린 것들이라는 사실을 깨달아야 할 것이다.

아이비가 바쿠스에게 바쳐진 식물이라는 것도 풀어야 할 수수께끼라 할 만하다. 아이비에는 두 가지 특징이 있다. 이 식물은 상록수여서 겨울에도 번성한다. 또 아이비는 나무, 벽, 건물 등 자기 주변의 온갖 것들을 닥치는 대로 구불구불 타고 올라 넘어선다. 첫 번째 특징과 관련해서 모든 격정은 겨울철 아이비처럼 그것을 반대하고 금지하는 상황을 만났을 때, 말하자면 어떤 열악한 환경을 만났을 때 그와 대비되면서 기운과 활기를 얻고 강해진다. 두 번째 특징에 대해서는 우리의 정신을 지배하고 있는 격정은 인간의 모든 행동을 둘러싸고 마치 아이비처럼 자기 온몸을 던져 우리의 모든 결단력을 혼란에 빠뜨리고 거기에 착 달라붙어 뒤엉킨 다음 급기야 그 결단력을 무력화시킨다.

미신적인 의례와 격식들이 바쿠스에 딸린 하나의 속성이라는 점도 전혀 놀라운 일이 아니다. 거의 모든 통제 불가능한 격정은 타락한 종교들 속에서 제멋대로 무성하게 자라기 때문이다. 격정이라는 것도 그 정도는 낮지만 일종의 광란인 까닭에 바쿠스가 분노와 광란을 사람들에게 퍼뜨리는 것도 쉽게 수긍이 간다. 열정이 맹렬하고 지속적이면서 그 뿌리가 깊다면 그것의 끝은 결국 광기이다. 따라서 펜테우스와 오르페우스가 갈가리 찢겨 죽는 대목은 너무도 당연한 설정이다. 모든 무모한 열정은 호기심어린 질문과 건전한 경고, 사심 없는 조언과 설득에 대해 극도로 가혹하고 엄격하며 집요할 뿐 아니라 깊은 앙심을 품는다.

마지막으로 유피테르와 바쿠스라는 인물을 혼동하는 것도 그럴 만하다. 고결하고 칭찬받을 만한 행동들은 때때로 미덕과 건전한 이유 그리고 관대함으로부터 비롯되기도 하지만 그것들이 아무리 칭찬과 존경을 받는 그런 행위라 해도 때로는 감춰진 사악한 열정과 은밀한 욕구에서 비롯되기에 바쿠스의 행위들과 유피테르의 행위들을 명백히 구분 짓기란 그리 쉬운 일이 아니다.

XXV

아탈란테와 히포메네스, 이익

기술과 자연 간 다툼에 관하여

아르카디아의 왕 이아소스(Iasus, 또는 스코이네우스Schoeneus)와 미니아스의 딸 클리메네(Clymene) 사이에서 태어난 외동딸이다. 이아소스 왕은 딸이 태어나자 숲 속에 버렸고, 그녀를 불쌍히 여긴 아르테미스가 보낸 곰의 젖을 먹으며 자라다가 사냥꾼들에게 발견되어 그들 손에서 키워졌다. 이후 아탈란테는 처녀 사냥꾼으로 성장했다. 사냥에 능하고 달리기 실력도 출중했던 그녀는 이때 '남자 못지않은 여자라는 뜻을 지닌 아탈란테(Atlanta)라는 이름을 얻었다.

칼리돈의 멧돼지 사냥(B.C. 570년경 도자기 그림)

한편 칼리돈의 왕 오이네우스가 자신에게 제물을 바치지 않자, 이에 분노한 아르테미스는 거대한 멧돼지를 칼리돈으로 보내 왕국을 쑥대밭으로 만들었다. 오이네우스는 아들 멜레아그로스에게 용사들을 모집하여 멧돼지를 사냥하도록 명했다. 수많은 용사들 가운데에는 아탈란테도 끼어있었는데, 멜레아그로스는 그녀를 보고 첫눈에 반해버렸다. 이 괴물 멧돼지를 사냥하면서 수많은 사상자를 냈으나, 아탈란테가 화살로 멧돼지를 명중시켰고, 이어서 멜레아그로스가 창으로 멧돼지를 찔러 죽이는 데 성공했다. 멜레아그로스가 전리품인 멧돼지의 가죽을 아탈란테에게 주려고 하자, 멜레아그로스의 외삼촌 플렉시포스와 톡세우스가 이에 반대하며 아탈란테의 전리품을 빼앗았다. 이에 격분한 멜레아그로스는 그들을 죽여버렸다. 이 소식을 들은 어머니 알타이아는 슬퍼하며 멜레아그로스를 죽이고 자살하고 말았다.

칼리돈의 멧돼지 사냥으로 그녀의 명성이 그리스 전역으로 퍼지자, 딸을 버렸던 아버지 이아소스의 귀에까지 그 소식이 들렸다. 결국 그는 아탈란테를 자식으로 인정하고 그녀가 서둘러 결혼하기를 바랐다. 하지만 아탈란테는 결혼을 하면 파멸할 것이라는 신탁이 있었기 때문에 거부했다. 아르테미스에게 처녀로 살 것을 맹세했다거나, 멜레아그로스에 대한 배신이라고 생각했기 때문에 거부했다는 설도 있다.

달리기 시합에 출중했던 아탈란테는 이것을 이용해 구혼자들의 요구를 물리치기 위해 자신과 달리기 시합에서 이기는 남자와 결혼하겠다고 선언하고, 남자가 질 경우에는 목숨을 잃을 것이라는 조건을 내걸었다. 여러 구혼자들이 그녀와 달리기 실력을 겨루었지만 모두 패배하고 목숨을 잃었다. 이때 심판을 보던 그녀의 사촌 히포메네스도 아탈란테에게 청혼을 했다. 시합을 하기 전에 히포메네스는 아프로디테에게 시합에서 이길 수 있게 해달라고 기도했다. 그러자 아프로디테는 황금 사과 세 개를 주며, 시합을 하는 동안 사과를 떨어뜨려 그녀의 관심을 끌도록 하라고 가르쳐주었다.

달리기 시합을 하면서 히포메네스는 아탈란타가 앞서갈 때마다 그녀 앞에 황금사과를 하나씩 던졌다. 아탈란타는 사과를 줍느라고 주춤하다가 그만 시합에서 지게 되었고, 히포메네스는 아탈란테

이탈리아 바로크 시대 화가 귀도 레니(Guido Reni, 1618)의 『아틀란테와 히포메네스』

와 결혼할 수 있었다. 이 둘 사이에서 태어난 아들이 바로 파르테노파이오스(Parthenopaeos)인데, '처녀의 아이'라는 뜻이다. 그는 나중에 '테바이를 공격한 일곱 장수'(Seven against Thebes, 오이디푸스 이후 테바이 왕권 쟁탈전에서 폴뤼네이케스와 그를 도운 여섯 장수 암피아라오스, 튀데우스, 카파네우스, 에테오클로스, 힙포메돈, 파르테노파이오스) 중 한 명이다.

　그 후 행복한 나날을 보내면서 함께 사냥을 하던 아탈란테와 히포메네스는 서로 욕정을 느껴 제우스(혹은 아프로디테)의 신전에서 사랑을 나누다가 신을 모독한 벌로 한 쌍의 사자가 되어 평생 함께 맺어질 수 없게 되었다. 고대 그리스에서는 사자끼리는 서로 맺어질 수 없다고 믿었기 때문에 이는 두 사람이 영원히 결합할 수 없도록 내린 벌이라고 할 수 있다.

***

몸이 잽싸기로 유명했던 아탈란테가 히포메네스와 달리기 경주를 하게 되었다. 히포메네스가 이기면 아탈란테를 아내로 맞이하고 질 경우에는 목숨을 내놓는 조건이었다. 사실 승부는 보나마나한 경주였다. 아탈란테는 이미 숱한 사람들과 경주를 해 그들의 목숨을 빼앗았기 때문이다. 그래서 뭔가 계략을 짜지 않고는 히포메네스가 이길 수 없는 경주였다. 히포메네스는 황금 사과 세 개를 구해 몸에 지닌 채 경주에 참가했다. 두 사람이 같은 출발점에서 경주를 시작했지만 이내 아탈란테가 히포메네스를 앞질러 내달렸다. 그러자 히포메네스는 경기장을 가로질러 아탈란테 앞으로 황금 사과 하나를 던졌다. 아탈란테가 허리를 숙이고 경주로 밖으로 나가게 하려는 심산이었다. 아탈란테는 여성 특유의 호기심이 작용한 데다 황금 사과가 너무도 아름다웠기 때문에 사과를 주우러 경주로를 이탈했다. 그러는 사이에 히포메네스는 경주로를 내달려 아탈란테를 앞섰다. 하지만 아탈란테는 타고난 민첩성 덕분에 곧 히포메네스를 따라잡고는 다시 자기 뒤쪽으로 떨어뜨려 놓았다. 그러자 히포메네스는 때를 놓치지 않고 두 번째, 세 번째 사과를 던졌다. 결국 그는 경주에서 이겼지만 이는 자신의 민첩성이 아닌 교활함 덕분이었다.

이 신화는 기술과 자연 간의 다툼에 대한 품격 있는 비유를 담고 있다. 여기에서 아탈란테로 상징되는 기술은 자연보다 그 움직임에서 잽싸고 신속하다. 따라서 모든 장애물이 제거된 상태라면 목적지에 더 빨리 도착한다. 이는 거의 모든 사례에 들어맞는다. 씨앗으로부터 열매가 맺어지는 과정은 매우 느리다. 하지만 접붙이 등을 통해 이 과정을 단축시킬 수 있다. 찰흙이 스스로 돌처럼 단단해지려면 오랜 시간이 소요되지만 불이 가해지면 순식간에 벽돌로 변한다. 마찬가지로 인간의 삶에서 고통의 기억이 자연스럽게 완화되거나 사라지려면, 즉 정신적 고뇌가 저절로 잦아들려면 오랜 시간이 걸린다.

하지만 삶의 기술인 도덕철학은 이를 신속히 해결해낸다. 그러나 기술이 가진 이런 특이한 단발성 효험도 황금 사과가 갑자기 등장하면서 인간의 삶에 막대한 손상을 입힐 정도로 멈추거나 지체된다. 삶의 목적지에 이르는 참되고 적절한 과정을 한결같이 견뎌내는 과학이나 기술이란 존재하지 않기 때문이다. 과학과 기술은 목적지를 향해 가다 잠시 멈춘 뒤 경로를 벗어나 이익과 편의에 정신을 파는 일을 끊임없이 반복하는 아탈란테의 행동과 너무도 흡사하다.[24] 따라서 기술이 자연에 승리를 거두지 못하는 것도 전혀 이상한 일이 아니다. 또한 경주에 걸린 조건에 따라 자연을 자기 지배하에 두지도 못하고 오히려 한 남편에 복종하는 아내처럼 여전히 자연의 지배를 받는다.[25]

XXVI

프로메테우스, 인간 조건

압도적인 신의 섭리와 인간 본성에 관하여

티탄족으로 인간을 사랑한 신 프로메테우스 (Prometheus)는 '먼저 생각하는 사람, 선지자(先知者)'라는 뜻이다. 접두사 Pro-(먼저, 앞서)는 prologue(서문), proposition(제안), prospect(전망), prophet(예언자) 등의 단어에도 많이 쓰인다. 동생인 에피메테우스(Epimetheus)는 '나중에 깨닫는 자'라는 뜻이며, 접두사 Epi-(나중, 늦게)는 epilogue(후기)에 고스란히 남아있다.

헤시오도스의 『신통기』에 따르면, 그는 이아페토스와 클리메네의 아들이다. 하지만 아이스퀼로스의 비극 『결박당한 프로메테우스』에서는 테미스가 어머니로 나온다.

　티탄족과 올림푸스 신족이 벌인 전쟁 티타노마키아(Titanomachia)
에서 티탄의 패배를 미리 안 그는 에피메테우스와 함께 올림포스
신족에게 투항했다. 그 덕분에 처벌을 면한 그는 제우스의 명을 받
아 인간을 창조하고, 에피메테우스는 동물을 만들었다.

　헤시오도스의 『신통기』에 따르면, 티탄의 시대가 끝나고 인간과
신들이 갈라서게 되었을 때, 신들과 인간이 각자 소의 어떤 부위를
먹을지 선택한 적이 있었다. 이때 프로메테우스는 인간에게 지방으
로 쓸모없는 뼈를 두르고, 가죽으로 살코기를 덮도록 알려준다. 그
리고 이를 제우스에게 바치며 어느 쪽을 택할 것인지 정하라고 일러
주었다. 제우스는 프로메테우스의 속임수를 알아채고 있었지만, 내
색을 하지 않고 뼈가 들어있는 쪽을 택했다. 그 이후로 고대 그리스
사람들은 신들에게 제를 올릴 때 지방으로 싼 뼈를 태웠다고 한다.

　생각할수록 괘씸하게 여긴 제우스는 인간들에게서 불을 빼앗아
버렸다. 그러자 프로메테우스는 헤파이스토스의 대장간에서(혹은 제
우스의 번개에서) 불을 훔쳐 다시 인간들에게 돌려주었다. 프로메테
우스의 도둑질을 그냥 두지 않은 제우스는 크라토스(Kratos, Cratos,
'힘', '지배', '통치'가 의인화된 신. 데모크라시(democracy, demos인민의+cratia

'사슬에 묶여 독수리에게 간을 쪼이는 프로메테우스
(페터 루벤스 作, 1612)

통치=민주주의)에서 cracy라는 말의 어원이다)를 시켜서 프로메테우스를 코카서스의 바위산에 묶고, 매일 독수리에게 간을 쪼이게 만들었다.

그리고 인간들에게도 벌을 주었다. 제우스는 프로메테우스에게 부탁해 최초의 여성 판도라(Pan 모든+dora 선물들)를 만들어 지상으로 내려 보냈는데, 그녀를 데려다 준 헤르메스가 황금상자를 선물로 주면서 절대로 열어보지 말라고 당부했다. 지상으로 내려 온 그녀는 에피메테우스와 결혼했다. 행복한 나날을 보내던 그녀는 어느 날 호기심을 참지 못해 그만 상자를 열어보고 말았다. 그러자 거기에서 온갖 질병들과 재앙들이 쏟아져 나왔고 깜짝 놀란 그녀는 얼른 상자를 닫았다. 그래서 다행히 '예감'만은 빠져나오지 못했다. 대부분의 설에 따르면, 희망이 남았다고 한다. 하지만 온갖 더러운 것들과 해로운 것들로 가득 찬 상자 속에 깨끗한 이미지의 희망이 같이 들어있다는 것은

황금상자를 여는 판도라(고대 그리스 항아리 그림)

너무 이상하다. 그러므로 이 예감이 빠져나왔더라면 사람들은 어떤 불행이 언제 자기에게 닥쳐올지 미리 알아버리기 때문에 미래에 대한 아무런 '희망'도 없었을 거라고 유추하는 게 더 맞는 말이다.

프로메테우스의 자식들도 인간들과 깊은 연관을 맺고 있다. 프로메테우스와 켈라이노 사이에 태어난 아들 데우칼리온은 작은 아버지 에피메테우스와 판도라 사이에서 태어난 딸 퓌라(Pyrrha)와 결혼했다. 이 둘은 대홍수 이후 인간들을 돌로 다시 창조했으며, 이들은 그리스 거의 모든 지역 왕국들의 시조가 되었다.

결국 프로메테우스는 영웅 헤라클레스가 프로메테우스의 간을 쪼는 독수리들을 처치하고 사슬을 풀어줄 때에야 풀려났다. 프로메테우스는 헤라클레스를 위해 아틀라스의 딸들로부터 황금사과를 얻는 방법을 알려주었기 때문에 제우스도 그를 용서한다. 그리고 이 대가로 프로메테우스는 지금까지 비밀로 해두던 예언, 즉 포세이돈과 제우스가 동시에 구애를 하고 있던 테티스가 아버지를 뛰어넘는 아들을 낳을 것이며 그 아들이 제우스를 몰락시킨다는 예언을 알려주었다. 그래서 두 신은 결국 테티스를 펠레우스와 결혼시켰으며, 그 사이에서 아킬레우스가 태어났다. 그러자 제우스는 후환이 두려워 트로이 전쟁에서 가장 뛰어난 활약을 하고 죽도록 호의를 베풀어 주었다.

인간에게 지혜를 준 대가로 자신의 고통을 감내했기 때문에 거룩한 희생의 이미지로 원용된 프로메테우스의 독특한 성격은 『신통기』이후에도 시인들의 많은 관심을 받으며 재해석되었고, 훗날 예술작품들에도 큰 영향을 주었다.

***

고대인들은 인간이 프로메테우스의 작품이라고 말한다. 프로메테우스는 찰흙으로 인간 형상을 빚어 그 찰흙 덩어리에 여러 동물

찰흙을 빚어 인간을 창조하고 있는 프로메테우스와 이것을 보고 있는 아테나 (로마시대 부조, 3세기)

들로부터 가져온 미립자들을 섞어 넣었다. 프로메테우스는 자신이 만든 작품의 질을 높이고 거기에 무언가 재능을 불어넣기 위해 자작나무 가지 한 묶음을 들고 천계로 몰래 숨어들어 태양의 전차에서 자작나무 가지에 불을 붙였다. 프로메테우스는 그 불을 들고 지상으로 내려와 인간이 사용하도록 했다.

시인들은 이렇듯 인류를 위해 프로메테우스가 세운 공을 인간은 배은망덕으로 되갚았다고 말한다. 그들은 유피테르 앞에서 프로메테우스와 그의 발명품을 비난했다. 하지만 이 사태는 그들이 상상했던 것과는 전혀 다른 방향으로 전개되었다. 유피테르를 비롯한 신들로서는 프로메테우스를 비난하는 인간들의 행태야말로 감지덕지한 일이었던 것이다. 이에 신들은 인간에게 마음대로 불을 사용할 수 있도록 허락했을 뿐 아니라 인간들 마음에 쏙 드는 선물, 즉 영원한 젊음을 주었다.

하지만 인간들은 너무 기쁨에 들뜬 나머지 신들이 준 이 선물을 어리석게도 나귀의 등에 실었다. 선물을 싣고 돌아오던 나귀는 목이 몹시 말라 어느 산으로 올라갔다. 그 산의 수호자였던 뱀은 나귀에게 물을 마시려면 등에 지고 있는 짐과 맞바꾸자고 제안했다. 어리석은 나귀는 뱀이 내건 조건을 받아들였고, 결국 물 한 방울을 마시는 대신 인간에게 주어졌던 영원한 젊음을 뱀 종족에게 넘겨주고 말았다.

인간들이 신들의 선물을 어처구니없이 뱀에게 빼앗긴 이후 프로메테우스는 인간과 화해를 했지만 유피테르에 끈질기게 맞서며 그로서는 용납할 수 없는 행동들을 멈추지 않았다. 프로메테우스는 심지어 유피테르에게 바칠 제물을 두고도 그를 속이는 대담성을 보였다. 프로메테우스는 유피테르에게 소 두 마리를 바치면서 그 중 한 마리의 가죽에는 두 마리 소의 살코기와 기름을 모두 싸고 다른 한 마리의 가죽에는 뼈만을 싸서 매우 정중하고 신심 깊은 태도로 유피테르에게 둘 중 하나를 고르도록 했다고 전해진다. 이런 음흉한 속임수와 능청을 몹시 혐오하는 유피테르였지만 언젠가는 이 무례한 자를 벌할 기회가 있을 것이라 생각하면서 일부러 뼈만 들어 있는 소를 선택했다.

유피테르로서는 프로메테우스를 응징하고 싶은 마음이야 굴뚝같았지만 인간에게 피해가 가지 않고는 그의 오만방자함을 벌할 수 없다는 사실을 깨달았다. 프로메테우스는 밉살스럽게도 스스로 인간을 창조한 데 대한 자긍심이 유별났다. 유피테르는 아름답고 우아한 여성을 창조해내라고 불카누스에게 명령했다. 그리고 모든 신들이 그 여성에게 저마다 선물을 했다. 판도라라는 그 여성의 이름은 그렇게 탄생했다.[26) 신들은 판도라의 양손에 모든 종류의 고통과 불행이 담긴 기품 있는 상자 하나를 쥐어줬다. 하지만 그 상자 맨 아래에는 희망이 놓여 있었다. 이 상자를 들고 판도라는 맨 먼저 프로메테우스를 찾아갔다. 그를 적당히 구슬려서 그 상자를 받아 열도록 하기 위해서였다. 하지만 프로메테우스는 경계를 늦추지 않고 조심스럽게 그 제의를 거절했다. 그러자 판도라는 그 상자를 프로메테우스의 동생 에피메테우스에게로 가져갔다. 그는 형과는 성격이 전혀 달랐다. 에피메테우스는 별 생각 없이 경솔하게 그 상자를 열었다. 상자로부터 온갖 고통과 불행이 쏟아져 나오는 것을 본 에피메테우스는 자신이 무슨 일을 저질렀는지 깨닫고 황급히 상자의 뚜껑을 닫으려고 애를 썼지만 이미 때는 늦어 있었다. 에피메테우스는 상자와 씨름을 한 끝에 가까스로 상자 맨 아래에 있던 희망만은 그 안에 담아 둘 수 있었다.

마지막으로 유피테르는 프로메테우스가 저지른 여러 괘씸한 행위에 대해 죄를 물었다. 예전에 천계로부터 불을 훔친 행위도 그렇지만 오만방자하게도 뼈를 재물로 바쳐 자신을 능청스럽게 조롱한데다가 자신의 선물을 능멸해[27] 새로운 죄를 추가하기도 했고, 팔라스 아테나를 겁탈하려고도 했다. 유피테르는 프로메테우스에게 쇠사슬에 묶여 영원한 고통 속에 살 수밖에 없는 형벌을 내렸다. 유피테르의 명령에 따라 프로메테우스는 카프카스 산으로 끌려가 기둥에 옴짝달싹 못하게 묶였다. 그리고 독수리 한 마리가 그를 지키고 서서 낮에는 그의 간을 쪼아 먹고 밤에는 그 쪼아 먹힌 부분이 다시 회복되어 프로메테우스는 영원한 고통 속에서 지내게 되었다.

하지만 시인들은 그가 자신에게 내려진 형벌로부터 결국은 벗어났다고 말한다. 태양이 선물한 술잔을 타고 대양을 항해하던 헤라클레스가 마침내 카프카스 산에 당도해서 화살로 독수리를 쏘아 프로메테우스를 풀어주었던 것이다. 몇몇 나라에서는 프로메테우스를 기려 독특한 횃불 경기를 펼치기도 했다. 불을 붙인 횃불을 옮겨 우승자를 가리는 경기였는데 횃불을 들고 가던 주자가 횃불을 꺼뜨리면 경주에서 탈락하고 끝까지 불을 꺼뜨리지 않고 결승선을 제일 먼저 통과하는 자가 우승자가 되는 경기였다.

이 신화는 당연하면서도 중대한 여러 고려사항들을 담아 강조한다. 그중 어떤 것은 이미 오래 전부터 충분히 조명되어 온 것이지만 어떤 것들은 전혀 언급조차 되지 않은 것들이다. 프로메테우스는 명백히 신의 섭리를 의미한다. 고대인들은 삼라만상 속에서 특히 인간의 창조와 인간에게 부여된 재능을 따로 떼어내 신의 섭리가 특별히 작용한 작품이라 여겼다. 그 이유는 다음과 같다.

첫째 인간의 특징 중에는 신의 섭리가 작용하고 있는 공간이라 할 정신과 오성이 존재한다. 둘째 인간의 이성과 정신이 무분별하고 비논리적인 원칙들로부터 도출되었다는 가정은 아무래도 귀에 거슬리고 믿기 힘들다. 따라서 신의 섭리가 더 크고 압도적인 신의 섭리에 따라, 그 섭리의 목적과 계획 아래 인간 정신에 이식되었다는 것은 거의 필연적이다. 하지만 셋째, 가장 주된 이유는 이렇다. 인간은 온 세상이 그 안으로 모이는 일종의 중심점과도 같은 존재인 듯하다. 만일 인간이 없으면 기타 모든 존재는 아무런 목적도 계획도 없이 길을 잃고 헤매거나 완전히 해체되어 형해화(形骸化)할 것이다. 만물은 인간을 위해 봉사하는 부차적인 존재로 창조되었기 때문에 인간은 만물을 활용하고 만물이 주는 혜택을 누릴 수 있다. 따라서 천체의 자전과 공전, 그리고 천체의 시공은 시간과 계절을 구분하고 세계를 여러 상이한 영역으로 나눔으로써 인간에 이바지한다. 대기 현상들은 인간에게 날씨를 예견하도록 해주며 바람은 배와 방앗간을 움직이고 기계를 작동시킨다. 모든 종류의 동식물은 인간을 위해 의식주를 위한 재료와 약재를 제공할 뿐 아니라 인간에게 안정과 즐거움을 주고 생기를 불어넣어 주며 인간을 부양한다. 이에 비추어 볼 때 자연 속 만물은 그 자체를 위해 창조된 존재가 아니라 오로지 인간을 위해 창조된 듯하다는 것이다.

인간 창조의 주재료가 된 찰흙으로 된 물질 덩어리에 여러 동물들로부터 취해진 미립자들을 혼합했다는 대목도 괜히 덧붙여진 게 아니다. 우주 만물 가운데 인간이야말로 가장 복잡한 합성, 재합성체임이 틀림없기 때문이다. 따라서 고대인들이 인간을, 그 내부에 작은 세계를 담고 있다는 의미로 소우주(Microcosm)라 칭한 것도 썩 적절해 보인다. 화학자들은 마치 자신들이 인간의 몸을 구성하는 모든 광물성, 식물성 물질들 혹은 그에 상응하는 무언가를 모두 발견한 양 허세를 떠는 가운데 이 소우주라는 용어를 지나치게 글자 그대로 해석해서 그 진정한 의미를 터무니없이 왜곡해오기는 했지만 인간 신체가 모든 물체 중에서 가장 복합적이고 유기적이라는 점은 여전히 확고하고 흔들림 없다. 따라서 인간 신체는 놀라운 힘과 능력을 갖고 있다. 단순한 물체의 힘은 혼합을 통해 망가지거나 약화되거나 견제당하는 일이 거의 없기 때문에 확실하고 빠르지만 그 크기는 작다. 말하자면 혼합과 합성을 통해 에너지의 양이 늘고 질이 우수해지는 것이다.

하지만 인간은 태생적으로 무방비 상태의 벌거벗은 동물이며 자기 생명을 스스로 챙기기에는 너무 느리고 수많은 것들을 필요로 하는 동물인 듯하다. 따라서 프로메테우스는 서둘러 불을 발명해서 인간이 자신에게 필요한 거의 모든 생필품들을 불을 통해 공급받고 관리하게 한다. 인간 정신이 형식 중의 형식이라면, 또 인간의 손이 도구 중의 도구라면, 불은 보조자 중의 보조자, 조력자 중의 조력자라 불려 마땅할지 모른다. 수없이 많은 인간의 활동들이 이로부터 유래하며 모든 기계적 작동 기술들 역시 불로부터 나온다. 또한 불은 학문 그 자체에 무한한 도움을 준다.

신화는 프로메테우스가 이 불을 훔치는 방식을 통해 사물의 속성을 보여준다. 프로메테우스는 태양의 전차에 자작나무 가지를 대불을 훔치는 것으로 전해진다. 자작나무에 무언가를 부딪히고 충격을 가한다는 것은 곧 불이 물체들 간의 강력한 충돌을 통해 일어난다는 것을 상징한다. 타격이 가해진 물질들은 정제 정화되어 움직임으로써 천체의 열을 받아들일 준비를 갖춘다. 그리하여 그것들은 은밀하고 비밀스런 방식으로 불을 모아 낚아챈다. 말하자면 태양의 전차로부터 불을 훔치는 것이다.

이후 신화는 주목할 만한 이야기를 들려준다. 인간들이 프로메테우스에게 감사를 표하기는커녕 그와 그가 훔친 불을 유피테르에게 고발하고 간언하면서 오히려 분노하는 모습을 보인다. 이러한 고발행위는 유피테르로서는 크게 기뻐할 일이었다. 유피테르는 이 고발에 대한 포상으로 인류가 불의 혜택을 마음껏 누리도록 했다. 인간의 창조자이자 은인, 프로메테우스에 대한 이러한 배은망덕한 행위, 다른 모든 죄를 합해도 모자랄 만큼 악랄한 범죄가 인정받고 보상까지 받는 상황은 아무래도 이상해 보일지 모른다.

하지만 이 비유에는 또 다른 시각이 담겨 있다. 이 이야기는, 사람들 사이에서 어떤 인간의 성격이나 기술을 고발하고 비난하는 행위는 가장 품위 있고 찬사 받을 만한 정신적 기질로부터 나온 것으로 매우 선한 목적에 이바지한다는 사실을 시사하고 있다. 반면에 그 반대 기질은 신들에게 역겨운 것일 뿐 아니라 그 자체로 유익하지 않다. 사람의 성격이나 인기 있는 기술들에 대해 뜬금없이 지나친 찬사를 늘어놓거나 자신이 이미 갖고 있는 것들을 찬양하고, 혹은 교양 있는 학문이 절대적으로 온전하고 완벽해지기 위해서는 최우선으로 반드시 갖추어야 할 것들이라며 무언가를 찬미하는 데 정신이 팔린 사람들은 자신들의 발명품들을 신의 완벽성에 버금가는 것으로 극찬하는 데 혈안이 되어 신성에는 거의 관심을 두지 않기 때문이다. 또한 이런 기질을 가진 사람들은 스스로 이미 매사를 꿰뚫어보고 있다고 여기면서 무턱대고 거기에 안주하기 때문에 무익하고 해로운 존재이다.

반면에 자연과 기술을 비판하고 고발하며 늘 그것들에 대해 불만으로 가득 찬 사람들은 보다 공평하고 신중한 정신적 감각을 유지할 뿐 아니라 신생 산업과 새로운 발견에 영원히 깨어 있다. 그들에게 사람들의 무지와 숙명론이 어찌 안타깝지 않을 것인가? 스스로 몇몇 동료의 오만함에 기대어 기꺼이 그들의 노예로 남고자 하고, 고대 그리스의 지식, 즉 소요철학이 남긴 찌꺼기를 끔찍이도 사랑하면서 그에 대한 고발이나 비판을 쓸데없는 짓으로 여기면서, 한 걸음 더 나아가 그러한 행위가 미심쩍고 위험하다고까지 생각하는 사람들을 어찌 측은히 여기지 않을 것인가?

좀 난폭한 면이 없지 않지만 엠페도클레스(Empedocles, 기원전 5세기경 활동한 고대 그리스 철학자이자 정치가, 시인, 종교 교사, 의학자이다. 세상만물이 동등한 근원물질인 4원소인 물, 공기, 불, 흙의 사랑과 다툼 속에서 생겨났다고 주장했다)의 학문적 절차, 특히 만물이 심오하고 난해해서 우리는 아무것도 알지 못하며 진실은 깊은 갱도 아래 숨어 있고 거짓은 묘하게도 진실과 함께 뒤엉켜 있다며, 매우 겸손한 태도로 불만을 터뜨렸던 데모크리토스의 학문적 절차는 분명, 자신만만하고 오만하며 독단적인 아리스토텔레스학파에 앞서 선호되어야 마땅하다. 따라서 자연과 기술에 대한 비판은 신을 기쁘게 하며, 일종의 창조자요 설립자이자 주인인 프로메테우스이지만 그에 대한 맹렬하고 날선 고발은 신의 포상을 받아 새로운 축복과 선물을 가져다줌으로써 찬사와 만족으로 가득 찬 장광설보다 더 건전하고 유익했다는 교훈을 사람들은 소중히 여겨야만 한다. 따라서 스스로 습득한 지식이 이미 충분하다는 맹목적인 생각이야말로 인간들이 쥐꼬리만 한 지식밖에 갖지 못한 주요한 이유라는 사실을 깨달아야만 한다.

영원한 젊음의 꽃이 인류가 프로메테우스를 고발한 보상으로 받은 선물이라는 대목에도 다음과 같은 교훈이 담겨 있다. 고대인들은 노화를 늦추고 인간 수명을 연장할 방법이나 요법을 발견할 수 있다는 희망을 버리지 않은 듯하다. 하지만 그들은 영원한 젊음이란 것이 요즘 사람들이 생각하는 것처럼 인간의 능력 밖에 있는 절대적으로 불가능한 것이 아니라, 한때 약속받은 것이지만 자신들이 부지런히 찾고 요구하지 않은 탓에 소멸되어 허사가 되고 만 것쯤으로 생각했다. 불을 참되게 활용하는 법, 또 기술의 오류를 확신하고 그에 대해 온당하고도 격렬하게 고발하는 내용을 통해 신화는, 인간에게 내리는 신의 포상에 영원한 젊음과 같은 선물이 애당초 빠져 있었다기보다는 그렇듯 소중한 선물을 느려터진 나귀의 등에 얹음으로써 사실상 인간 스스로 그런 운명을 자초했음을 시사한다.

　여기에서 나귀는 힘들고 둔하고 시간을 많이 끄는 것, 즉 경험을 뜻하며, 인생이 짧고 기술 발전이 느리다는 고대인들의 불평은 바로 이 경험이 갖고 있는 느림보 거북이 걸음걸이로부터 나온다. 추론과 경험이라는 두 능력이 지금까지 적절히 연결되고 결합되지 못한 것도 무리는 아니다. 하지만 둘을 따로 떼어놓으면 여전히 신들의 새로운 선물인 것은 분명하다. 추론은 가벼운 새, 즉 추상적인 철학의 등에 올라탄 것이고 경험은 나귀, 즉 속도가 느린 실천과 실험의 등에 올라탄 것이다. 그럼에도 불구하고 나귀가 길을 가던 중 갈증을 느끼거나 뜻밖의 사건에 휘말리지만 않는다면 이 나귀에서 뭔가 서광을 찾을 수도 있다. 만약 누군가가 경험의 길 위에서 일정한 법칙과 방법에 따라 앞으로 꾸준히 나아간다면, 그런 실험을 하던 도중에 이익과 허영에 갈증을 느끼지 않고, 등에 얹힌 짐을 맞바꾸지도, 이런 것들 때문에 애초의 계획을 포기하지도 않는다면 그 사람은 신이 인간에게 주는 한 아름의 새로운 선물들을 전달해줄 훌륭한 일꾼일지도 모른다.

　영원한 젊음이라는 선물이 인간으로부터 뱀에게로 옮겨졌다는 내용은 신화를 장식하기 위한 일종의 삽화 같은 것으로 보인다. 하지만 동시에 자연이 많은 다른 동물들에게 부여한 것들을, 불을 비롯한 수많은 기술들을 가지고도 스스로 마련할 수 없는 인간의 딱한 처지를 시사하는 듯 보이기도 한다.

인간들의 소망이 어이없게 깨진 뒤 프로메테우스와 인간이 갑작스레 화해한 대목에도 사려 깊고 유익한 교훈이 담겨 있다. 무언가 새로운 실험을 시도하다가 즉각적으로 성공하지 못하거나 그 결과가 예상을 벗어나면 새로운 실험을 성급하게 포기하고 다시 옛 것으로 서둘러 되돌아가 점차 거기에 안주하는 인간들의 대책 없는 경박함을 꼬집고 있는 것이다.

신화는 기술과 지적인 문제들과 관련해서 인간이 처한 상황을 묘사한 다음 종교 문제로 넘어간다. 기술들이 발명되고 안정화되면 신적인 숭배의 확립이 뒤따르는데 거기에 이내 위선이 파고들어 종교가 타락의 길을 걷기 때문이다. 우리는 두 가지 제물을 통해 진정 종교적인 인간과 위선적인 인간을 명쾌하게 그린 바 있다. 한 쪽 제물에는 신의 몫으로 기름이 들어 있었는데 이 기름은 불을 지피고 향을 피우는 데 사용되어 애정과 열정을 상징하는 것으로 신을 찬양하는 의미를 담고 있다. 기름과 더불어, 자비를 상징하는 사발과 함께 싱싱한 살코기도 바쳐진다. 하지만 다른 쪽 제물에는 바싹

마른 뼈밖에 들어 있지 않음에도 멋지고 훌륭하고 숭고한 제물이 들어 있기라도 한 듯 겉을 가죽으로 감쌌다. 이는 형식적이고 공허한 의례와 허식을 뚜렷하게 나타내는 것으로, 사람들은 신성한 숭배에 이런 허례허식을 채워 넣어 위장한다.

결국 이 모든 것들은 사람들을 경건함으로 이끌기보다는 오로지 보여주고 과시하기 위해 계획된 것이다. 인간은 신에 대한 이런 엉터리 숭배에 만족하지 않고 한술 더 떠 신이 그 엉터리 숭배를 선택하고 규정하기라도 한 듯 그것을 신에게 강요한다. 신의 형상을 한 예언자가 했던 다음과 같은 말은 이 선택 문제와 관련해서 울림 있는 충고를 던져준다. "사람들이 한나절 내내 자신의 영혼을 괴롭히면서 머리를 골풀처럼 조아려야 하는 것이 내가 선택했던 금식이란 말인가?"

신화는 인간의 종교적 상황을 다룬 다음 인간 삶의 방식과 조건들로 넘어간다. 판도라가, 불의 도구적 효능에 의해 속인들의 삶의 기술들이 세련되고 화려해지면서 등장하는 쾌락과 타락을 상징한다는 것은 매우 평범하지만 온당한 해석이다. 따라서 관능적 쾌락의 기술들이 초래한 결과들은 마땅히 불의 신인 불카누스로부터 기인한 것들이다. 그리하여 무한한 고통과 재앙이 인간의 정신과 육체와 물질적 부에 파고들었다. 인간들은 뒤늦게 후회했지만 소용

없는 일이었다. 이는 각 개별 인간들뿐 아니라 왕국과 국가들에까지 파급되어 일어났다. 전쟁과 폭동과 폭정이 같은 원천, 즉 판도라의 상자로부터 발생했기 때문이다.

이 신화가 인간 삶의 두 지배적인 유형을 얼마나 아름답고 명쾌하게 그리고 있는지 살펴보는 것도 가치 있는 일이다. 신화는 프로메테우스와 에피메테우스라는 두 인물로 대표되는 두 전형적 사례를 보여준다. 에피메테우스의 추종자들은 근시안적인 사람들이어서 자기들 앞을 멀리 내다볼 줄 모르며 현 시점에서 수용 가능한 것들을 선호한다. 따라서 그들은 수많은 곤경과 장애, 재앙에 짓눌려 있으며 그로부터 벗어나기 위해 끊임없이 몸부림친다. 하지만 그럭저럭 시간이 지나면서 자기 기질에 걸맞은 길을 찾는다. 말하자면 자기 주변 상황에 대한 더 나은 지식을 갖고 있지 못한 까닭에 자신의 정신에 여러 헛된 희망을 불어넣는 것이다. 그리하여 기분 좋은 꿈이 차고 넘치면서 스스로에게 만족하고 삶의 고통을 달게 받아들인다.

하지만 프로메테우스를 신봉하는 자들은 신중하고 조심성 많은 사람들이다. 이들은 미래의 상황을 조심스럽게 살펴보고 앞으로 닥칠 재앙이나 불행에 대해 신중히 경계하면서 이를 사전에 막거나 줄인다. 하지만 이렇듯 매사에 방심하지 않고 선견지명을 갖춘 기질은 불가피하게 수많은 즐거움을 만끽하지 못하고 기뻐해야 할 곳에서도 기뻐하지 못하며 심지어 순수한 즐거움조차도 스스로 용납하지 않는다. 설상가상으로 그런 기질의 사람들은 갖가지 근심, 두려움, 불안에 시달리면서 스스로를 옥죈다. 꼼짝 없이 기둥에 묶인 꼴이다. 그 상태로 자신의 간 혹은 정신을 생채기 내고 갈가리 찢고 물어뜯는 오만가지 생각들로 고통받는다(그런 생각들이 교차하는 속도는 마치 한 마리 독수리를 방불케 한다). 마치 밤이 찾아오듯 간혹가다 그런 생각으로부터 벗어날 기회가 찾아들지도 모른다. 하지만 그것도 잠시, 아침이 오듯 새로운 근심과 두려움, 공포가 이내 다시 되살아난다. 따라서 둘 중 어느 기질을 갖고 있든, 신의 섭리가 마련해둔 혜택을 제대로 누리면서 불안과 곤경과 불행에서 벗어나 있는 사람은 극히 드물다.

그 누구도 헤라클레스의 도움 없이는 사실상 이러한 목표를 이룰 수 없다. 모든 사태에 대비하면서 모든 변화에 냉정함을 유지하는 정신의 강고함과 지조가 있지 않는 한 그렇다. 두려움 없이 앞을 내다보고 선을 경멸하지 않고 즐기며 악을 조바심치지 않고 견뎌내는 사람이야말로 그러한 목표를 이룰 수 있는 것이다. 여기에서 프로메테우스조차도 스스로 자유로워질 힘을 갖지 못하고 다른 이에게 구조되기를 기다려야 했음에 주목할 필요가 있다. 자연적으로 타고난 그 어떤 힘과 용기로도 그러한 임무를 감당할 수 없다는 사

크리스티안 그리펜켈(Christian Griepenkerl)의 『프로메테우스와 헤라클레스』(1878)

실이 입증된 것이다. 프로메테우스를 방면하는 힘은 대양이 더 이상 뻗어나갈 수 없는 끝자락에서 태양, 즉 아폴론으로부터 왔다. 요컨대 지식으로부터 온 것이다. 다시 말하자면 그러한 힘은 일반적으로 대양을 항해하는 것으로 상징되는 요동치는 인간 삶의 불확실성, 불안정성에 대한 적절한 고려를 통해서 얻어진다. 따라서 베르길리우스는 이 둘을 조심스럽게 연결시켜, 현상의 원인들을 앎으로써 모든 두려움과 불안, 미신을 극복한 자가 행복하다고 여겼다.[28]

그렇듯 프로메테우스를 구해주었던 위대한 영웅이 두려움을 이겨내기 위해 술잔을 타고 대양을 건넜다는 대목은 인간 정신에 힘을 실어주고 그것을 확고히 다지기 위해 매우 명쾌하게 덧붙여진 내용이다. 마치 지극히 나약하고 편협한 인간의 본성 탓에 우리는 그런 불굴의 의지나 지조를 절대 발휘할 수 없다는 전제를 깔고 있는 듯하다. 이와 관련해서 세네카는 이렇게 말한다. "인간의 나약성과 신의 불가침성이란 면모를 동시에 보여주는 것은 고귀하다."

논의의 흐름을 깨지 않으려고 지금까지 건너뛰었던 프로메테우스의 마지막 범죄, 즉 미네르바를 범하려 했던 죄를 이쯤에서 다루는 게 적절할 듯하다. 그 죄는 독수리에게 프로메테우스의 간을 쪼아 먹도록 하는 형벌을 내릴 만큼 의심할 여지없이 극악무도한 범죄였다. 이 이야기에는 다음과 같은 의미가 담긴 것으로 보인다. 인간은 자신들이 가진 기술과 지식에 기고만장하게 되면 곧잘 신의 지혜까지 정복해서 감각과 이성의 지배 아래 두고자 한다. 그 결과 불가피하게 인간의 정신은 영원히 쉴 없이 찢어발겨진다. 따라서 인간이 차라리 이교나 허구의 낭만적인 철학을 선택했던 게 아니라면 신의 영역과 인간의 영역, 감각의 신탁과 믿음의 신탁 사이를 냉철하고도 겸허하게 구분할 필요가 있다.[29]

신화의 마지막 이야기는 프로메테우스를 기리는 횃불 경주이다. 이 대목에서 신화는 불의 창조와 함께 기술과 과학을 다시 언급하고 있다. 횃불 경주들이 이것들을 기념하고 찬양하기 위해 개최되었기 때문이다. 여기에서 우리는 극도로 신중한 교훈을 엿보게 된다. 과학의 완벽성은 어떤 한 사람의 기민성이나 능력이 아닌 계승을 통해서 획득되는 것이라는 교훈이 그것이다. 경주 과정에서 가장 빠르고 강한 사람이 횃불을 끝까지 꺼뜨리지 않고 갈 확률은 상대적으로 적을 수 있다. 너무 느린 것도 문제지만 동작이 너무 빨라도 불을 꺼뜨릴 위험이 있기 때문이다.[30] 하지만 횃불과 함께 이런 종류의 경주는 오랫동안 중단되고 등한시되었던 듯하다.

말하자면 과학은 아리스토텔레스, 갈레노스(Galenos, 로마제국시대의 그리스 출신 의학자이자 철학자로, 고대 서양의 의학을 체계화해 중세 아랍과 유럽의 의학에 큰 영향을 끼쳤다), 유클리드(기원전 300년경에 활약한 그리스의 수학자. 그리스 기하학, 즉 '유클리드기하학'을 집대성한 인물), 프톨레마이오스(Ptolemaeos, 그리스의 천문학자·지리학자. 천문학 지식을 모은 저서 『천문학 집대성』은 아랍어 번역본인 『알마게스트』로 더 유명하며, 코페르니쿠스 이전 시대 최고의 천문학서로 인정받고 있다) 같은 각 분야의 선구자들이 살던 시대에 주로 융성했으며 이후 그들을 계승한 과학자들은 거의 성과를 내지 못했고 심지어 그들 사이에서는 무언가 시도를 한 경우도 드물었다.

하지만 인간 본성의 영광을 기리는 이런 경주가 부활되어 사람들 간의 경쟁과 가상한 노력들을 촉발시키기를 바라는 목소리는 고조될 수밖에 없었다. 그리고 그런 소망은 어떤 한 사람의 횃불 위에 위태롭게 흔들거리며 매달려 있지 않은 성공적인 결과로 이어졌다. 따라서 소수의 몇 사람에게 모든 것을 걸지 않고 스스로 분발해서 자신의 힘을 발휘하고 찾아온 기회를 활용하도록 사람들을 독려해야 마땅하다. 소수의 능력이 뛰어나더라도 그들 자신의 능력보다 못할 공산이 크다.

　지금까지 우리는 이 진부하고 저속한 신화가 어렴풋이 내비치고 있는 내용들을 자세히 살펴보았다. 물론 기독교의 불가사의한 수수께끼들과 놀랍도록 유사한 몇몇 시사점들을 그 안에 담고 있다는 점도 부인할 수 없다. 특히 술잔을 타고 프로메테우스를 구하러 가는 헤라클레스의 여정은, 인류를 구원하기 위해 그리스도의 육체라는 금방이라도 부서질 듯한 배를 타고 오는 신을 통해 넌지시 신의 말씀을 전하고 있다. 하지만 우리는 하느님의 제단에서 느닷없이 낯선 불을 꺼내들게 될까 두려워 이 신화를 신의 말씀에 제멋대로 가져다 붙이는 일은 삼가고자 한다.

XXVII

이카로스, 스킬라, 카리브디스, 중용

자연철학과 도덕철학에서의 중용에 관하여

스킬라(Scylla)는 그리스어로 '괴롭히다', '해롭다'
라는 뜻을 지닌 skyllo에서 나온 이름이다. 카리브디스(Charybdis)
와 함께 2대 괴물 중 하나로 좁은 해협의 양옆에 마주보고 살았다.

그녀는 원래 굉장한 미인이었으나, 바다괴물인 글라우코스의 사
랑을 거부하는 바람에 마녀 키르케에 의해 저주를 받아 다리가 없
어지고 허리 아래에 6개의 개 머리와 12개의 다리가 달린 흉한 모습
으로 변하고 말았다. 그래서 스킬라는 이런 추한 모습이 부끄러워
스킬라 곶의 동굴로 몸을 숨겼다고 한다. 다른 설에 따르면, 그녀는

바다에 몸을 던져 자살했다고도 한다. 아무튼 그녀를 불쌍히 여긴 신들은 그녀를 바위로 만들어 주었다

카리브디스는 바다의 여신이자 여자괴물이다. 그녀는 메시나 해협 일대의 소용돌이가 의인화된 존재로 여겨진다. 또 다른 설에 따르면, 그녀는 아버지 포세이돈과 어머니 가이아 사이에서 태어난 바다의 여신이라고 한다. 그녀는 식욕이 너무나 왕성해 신들의 음식인 암브로시아와 음료인 넥타르를 함부로 먹었는데, 이에 화가 난 제우스가 그녀를 번개로 바다에 빠뜨리고 무엇이든지 먹으면 토하는 벌을 내렸다. 그래서 카리브디스는 배고플 때 바닷물을 모두 들이 마시고 다시 뱉어내기를 되풀이해야만 했다. 그래서 그곳을 지나는 배들은 모두 뒤집혀 살아남는 선원들이 없었다고 한다.

『오디세이아』에서는 오디세우스가 귀향길에 메시나 해협(또는 그리스 북서부 스킬라 곶)의 스킬라와 카리브디스 길목을 지나야만 했다. 스킬라는 머리가 6개뿐이어서 한 번에 여섯 명까지만 잡아먹을 수 있었다. 반면 카리브디스는 소용돌이 그 자체이므로 배가 통째로 난파당할 위험이 있었다. 오디세우스는 고민 끝에 결국 스킬라 쪽을 택하여 부하 6명을 제물로 바친 뒤 통과할 수 있었다. 이 두 여자괴물은 between Scylla and Charybdis라는 숙어를 남겼는데, '진퇴양난의 상황'을 가리킬 때 사용한다.

오른쪽 스킬라와 왼쪽 카리브디스의 위협 속에서 스킬라에게 6명의 부하를 희생시키고 해협을 통과하는 오디세우스 일행(목판화)

＊＊＊

　중도를 걷는다는 의미의 중용(中庸)은 도덕적으로는 매우 극찬 받아온 태도이지만, 정치적 판단을 할 때 이런 중용적 태도가 존중 되어야 함에도 흔히 무시되듯이, 학문 분야에서는 그 유용성과 타 당성을 제대로 인정받지 못했다. 고대인들은 이카로스가 밟았던 과 정을 통해 이 중용의 자세를 묘사했으며, 또한 엄청난 어려움과 위 험이 도사리고 있는 스킬라와 카리브디스 사이의 해협을 통과하는 문제를 통해서 중용을 어떻게 이해해야 할 것인가 이야기했다.

바다를 가로질러 날아야 하는 이카로스에게 아버지는 너무 높게 치솟지도 너무 낮게 날지도 말라고 명령했다. 이카로스의 날개가 밀랍으로 붙여져 있었기 때문에 너무 높게 날면 태양열에 의해 녹아버릴 위험이 있었고, 바다 안개에 너무 가까이 접근하면 그 습기로 인해 이음새가 벌어질 수 있었기 때문이었다. 하지만 이카로스는 젊은이의 치기어린 자신감에 가득차 하늘 높이 치솟다가 그만 바닥으로 곤두박질치고 말았다.

이 신화는 이미 널리 알려진 데다 이해하기도 쉽다. 미덕이란 넘치는 한 쪽과 부족한 다른 한 쪽 사이를 일직선으로 가로질러 간다. 지나침이라는 것이 젊은이의 힘과 열정에 우쭐해진 나머지 결국 파멸에 이른 이카루스의 운명을 나타낸다는 데는 의심의 여지가 없다. 지나침은 젊은이의 자연스런 악덕이고 모자람이란 늙은이의 악덕이기 때문이다. 만일 한 남자가 둘 중 어느 하나로 인해 파멸에 이를 수밖에 없는 운명이라면 이카로스는 좀 더 나은 쪽을 선택한 것이다. 모든 모자람은 지나침보다 더 나쁜 것으로 평가받아 마땅하기 때문이다. 지나침에는 마치 한 마리 새처럼 창공을 자기 세상으로 여기는 어떤 기상이 서려 있다. 반면에 모자람은 땅 위를 천하게 기어다니는 한 마리 파충류나 다름없다. 헤라클레이토스

(Heraclitus, 기원전 6세기 말 고대 그리스 사상가로 만물의 근원을 불이라고 주장했다)는 이를 다음과 같이 절묘하게 표현했다. "메마른 빛이 최상의 영혼을 만든다." 영혼이 지상에서 습기와 접하면 완전히 변질되어 무너져 내리기 때문이다. 한편 이 훌륭한 빛이 지나치게 민감해지고 메말라서 불타오르는 것을 방지하기 위해 중용에 주목할 필요가 있다. 하지만 중용에 주목하는 것은 그리 어려운 일이 아니다.

중용을 이해하는 문제는 스킬라와 카리브디스 그 어느 쪽에도 가까이 붙지 않는 대단한 노련미와 절묘한 줄타기가 요구된다. 만약 배가 스킬라 벼랑에 부딪힌다면 바위에 산산조각이 날 것이고, 카리브디스 해안 쪽으로 쏠리면 소용돌이에 휩쓸려 완전히 침몰해 버리기 때문이다. 이 비유는 난제를 안고 있다. 하지만 우리는 문제의 물리적 힘이 존재한다는 점에 주목할 뿐이다. 말하자면 모든 이론과 학문 그리고 거기에 동원되는 규칙과 공리에, 구분의 바위와 보편성의 소용돌이 사이를 절묘하게 통과할 중도가 있어야 한다는 사실에 주목할 뿐이다. 이 둘은 각각 뛰어난 재능과 기술의 파탄을 의미하기 때문이다.

XXVIII

스핑크스, 학문

-학문에 관하여

그리스의 스핑크스(Sphinx)는 머리가 여자이고 하반신은 독수리 날개가 달린 사자의 모습이었다. 그리스어로 스핑 크스는 '목을 졸라 죽이는 자'라는 뜻이었다.

스핑크스는 욕정 때문에 미소년을 범했던 그리스의 테베 왕 라이오스(Laius, 테베의 건설자 카드모스의 증손자이자 오이디푸스의 아버지)를 벌하기 위해 헤라가 이집트에서 보낸 괴물이라고 한다. 이 스핑크스는 테베 땅을 황폐하게 하고 주민을 공포로 몰아넣었다. 전설에 따르면, 이 스핑크스는 지나가는 길손들에게 "아침에는 4발로

프랑스 화가 엥그르(Jean-Auguste-Dominique Ingres)의 『스핑크스』(1808). 스핑크스는 그늘에 반쯤 가려진 여자얼굴과 육감적인 젖가슴, 날개 달린 몸통과 사자의 발을 가진 형태로 묘사되어 있다.

걷다가, 점심에는 2발로 걷고, 저녁에는 3발로 걷는 것은?"이라는 수수께끼를 묻고 그 답이 틀리면 잡아먹었기 때문에 사람들을 공포에 떨게 했다고 한다. 마침내 오이디푸스가 "사람이다"라고 정답을 맞히자 스핑크스는 수치심을 견디지 못해 절벽에서 몸을 날려 자살했다고 한다.

스핑크스는 이 유명한 '수수께끼의 스핑크스' 이외에도 사람의 머리와 몸통이 사자인 이집트 기자의 카프레 왕 피라미드 근처에 있는 스핑크스가 우리에게 가장 잘 알려져 있으며, 메소포타미아, 페르시아, 동남아시아 등지에도 스핑크스가 있다. 이 지역 유물들은 고유의 신이나 괴물을 묘사한 것이지만, 스핑크스 비슷한 것에 모두 스핑크스라는 이름을 붙여서 일반명사화 된 것이다.

***

시인들은 스핑크스가 처녀의 얼굴과 목소리에 새의 날개와 그리핀(griffin, 사자 몸통에 독수리의 머리와 날개를 지닌 신화적 존재)의 발톱을 가진 괴물이라고 전한다. 스핑크스는 테베 시 인근 어느 산꼭대기에 살면서 근처를 지나는 길을 막고 있다. 산에 매복해 있다가 지나는 길손을 붙잡아 꼼짝 못하게 하고는 그에게 아리송하고 황당한 수수께끼를 던지는 게 스핑크스의 일상이었다.

이 수수께끼는 뮤즈들에게서 받은 것으로 알려져 있는데 자기가 붙잡은 길손들이 어리둥절한 채로 당황해서 이들 수수께끼를 풀지 못하면 가차 없이 그들을 덮쳐 갈가리 찢어 죽였다. 스핑크스의 악행이 오랫동안 계속되면서 그녀를 제압할 마땅한 길이 없었던 테베 시민들은 그녀의 수수께끼를 푸는 자에게 자신들의 왕국을 넘겨주

재정비되기 전 모래에 휩싸여 있는 기자의 스핑크스

겠다고 제안했다. 비록 다리를 절었지만 뛰어난 통찰력과 사리분별을 갖춘 오이디푸스가 그 엄청난 보상에 혹해서 테베 시민들의 조건을 받아들였다.

자신만만하고 즐거운 표정으로 모습을 드러낸 오이디푸스에게 스핑크스가 다짜고짜 물었다. "네 발로 태어나서 후에 두 발로 걷다가 다음에는 세 발로 걷고 마지막에는 다시 네 발로 걷는 동물은 무엇인가?" 오이디푸스는 수수께끼의 답이 인간이라고 태연자약하게 대답했다. 처음 태어나서 영아기에는 걸음마를 배울 때까지 네 발로 기다가 오래지 않아 타고난 두 발로 직립하지만 나이가 들어서는 지팡이에 의지해 세 발로 걷다가 결국에는 기력이 쇠해 침상에 갇힌 채 도로 네 발로 기는 신세가 된다는 대답이었다. 이 정답으로 내기에서 이긴 오이디푸스는 스핑크스를 살해한 뒤 그 사체를 나귀 등에 실어 보무(步武)도 당당하게 끌고 갔다. 그리고 약속한 대로 오이디푸스는 테베 시의 왕위에 올랐다.

　이 명쾌하고도 교훈적인 신화는 학문, 특히 실천과 연관된 학문과 연관되어 있는 듯하다. 학문을 괴물로 부르는 것은 전혀 엉뚱한 일이 아니다. 무지하고 경험이 일천한 자들이 묘한 시선으로 바라보며 경탄해마지 않기 때문이다. 괴물의 모습과 형태는 다양하다. 학문이 관심을 갖는 주제는 대단히 다양하기 때문이다. 괴물의 목소리와 얼굴은 여성으로 상징된다. 학문은 그 외양이 화려하고 수다스럽기 때문이다. 날개도 달려 있다. 학문과 그 발명품들은 순식간에 사방으로 퍼져나가기 때문이다. 하나의 횃불에서 다른 횃불로 전달되는 불과 마찬가지로 지식도 이내 포착되어 엄청나게 확산된다. 괴물이 날카로운 갈고리 모양의 발톱을 하고 있다는 점도 명쾌하다. 학문의 공리와 주장들은 사람들의 정신에 들어와 그것을 휘어잡고 단단히 고정시켜 흔들리거나 사라지지 않게 하기 때문이다.

　한 신성한 철학자는 다음과 같은 말로 이러한 사실에 주목했다. "현자의 말은 깊숙이 파고드는 목자의 가축몰이 막대기나 손톱과도 같다."[31] 또 모든 학문은 오르기 힘든 산 정상처럼 높은 곳에 있는 것처럼 보인다. 학문은 높은 곳에서 무지를 경멸의 눈초리로 바라봄과 동시에 사방을 툭 트인 시야로 바라보는 숭고하고 고귀한 것으로 여겨져야 마땅하기 때문이다. 학문이 길을 막고 있다는 설정도 그럴 듯하다. 인생의 기나긴 여정을 거치면서 가끔씩 멈춰서 관조하고 사색함으로써 무언가 새로운 소재나 기회를 얻을 수 있기 때문이다.

스핑크스는 뮤즈들로부터 건네받은 어려운 문제나 수수께끼를 사람들에게 풀라고 요구한다. 이들 문제가 아직 뮤즈들의 손에 있을 때만 해도 어떤 혹독한 대가를 동반하지 않는 게 당연하다. 이들 수수께끼는 사색과 탐구에 목적을 두지 않고 오로지 앎 그 자체를 목적으로 하기 때문에 거기에는 이해하기 위한 압박감이나 고통 따위는 존재하지 않는다. 오히려 자세한 설명도 덧붙여지고 문제를 풀 실마리도 주어져서 알쏭달쏭하고 아기자기한 맛에 얼마간 즐거움을 느끼기도 한다.

하지만 뮤즈들이 스핑크스에게 이들 수수께끼를 넘겨준 이후에는, 말하자면 수수께끼에 행동과 선택과 결단을 재촉하고 강요하는 어떤 실천이 뒤따르게 되면 이제 수수께끼는 고통스럽고 가혹한 고문으로 돌변해 그 문제들을 이해하고 풀지 않는 한 사람들의 정신을 끊임없이 희롱하고 당혹스럽게 하면서 갈가리 찢어놓는다. 따라서 스핑크스의 모든 수수께끼는 두 가지 조건이 달려 있다. 문제를 풀지 못하면 갈기갈기 찢겨 죽고, 문제를 풀면 제왕의 지배권을 손에 넣는 것이다. 제안된 것을 이해하는 사람은 자기 목적을 이룬다. 말하자면 모든 장인들은 자신의 작업을 지배한다.[32)]

스핑크스는 오로지 두 종류의 수수께끼를 갖고 있었다. 하나는 사물의 본질에 관한 것이고 다른 하나는 인간의 본성에 관련된 것이었다. 이에 상응해서 문제를 푼 자에게 주는 상 역시 자연을 지배하는 왕국과 인간을 지배하는 왕국으로 두 종류였다. 소위 학문하는 자들은 저절로 얻어지는 것들에 만족하며, 스스로 담론을 자가생산하면서 자연적인 사물과 제작물들 모두를 소홀히 하고 어떤 의미에서는 경멸한다. 하지만 자연철학의 참되고 궁극적인 목적은 자연적인 사물, 자연체, 요법, 기계, 그리고 그밖에 수 없이 많은 개체들에 대한 지배이다.

그런데 오이디푸스에게 테베 왕국을 안겨준 수수께끼는 인간의 본성과 관련이 있는 것이었다. 인간의 본질적 특성을 샅샅이 들여다보고 연구했던 오이디푸스는 어쩌면 자신의 운명을 지배하고 있던 자인지도 모른다. 그래서 왕국을 지배하고 통치할 힘을 갖고 태어난 듯하다. 따라서 베르길리우스는 통치의 기술이 로마인들의 기술이라고 생각한다.[33] 그리고 우연이었든 의도적이었든 자신의 인장에 스핑크스 상을 새겨 넣었던 아우구스투스 카이사르는 매우 적절했다. 정치에 정통했다는 면에서 타의 추종을 불허했던 아우구스투스 카이사르는 일생에 걸쳐 인간의 본성과 관련된 엄청난 양의 새로운 수수께끼들을 매우 적절히 풀어냈기 때문이다. 만일 그가 비상한 재주와 준비된 능력으로 그런 수수께끼들을 풀어내지 못했다면 속절없이 목숨을 잃었을 수도 있고, 그게 아니라도 숱한 일촉즉발의 위기에 처했을지 모를 일이다.

우리는 스핑크스가 절름발이 남자에게, 그러니까 불구의 발을 가진 남자에게 굴복했다는 사실을 지나쳐서는 안 된다. 사람들은 통상 스핑크스의 수수께끼들을 해결하려고 너무 서두르는 경향이 있다. 그리하여 스핑크스가 내기에서 이기면 사람들의 정신은 일과 결과에 따라 스스로를 제어할 수 있는 힘을 얻기보다는 이기고자 하는 욕심이 앞섰던 탓에 오히려 고통 받고 갈가리 찢긴다.

XXIX

프로세르피나, 영혼
자연 속 사물에 담긴 영혼에 관하여

페르세포네(Persephone, 로마 신화의 프로세르
피나 Proserpina)는 제우스와 대지의 여신 데메테르(로마 신화의 케
레스)사이에서 태어난 딸이다. 어렸을 적에는 '소녀'라는 뜻의 코레
(Kore)라고 불렀다.

어느 날 그녀는 들판에서 님프들과 꽃을 따다가 명계(冥界)의 왕
하데스에게 납치되어 지하세계로 끌려가 명계의 여왕이 되었다. 데
메테르는 딸을 찾아 헤매고 다니느라 일손을 놓자 모든 곡물들이 시
들어갔다. 마침내 태양의 신 헬리오스에게서 페르세포네가 하데스

루카 지오다노(Luca Giordano)의 『페르세포네의 납치』 (1684)

에게 끌려갔다는 사실을 들은 데메테르는 제우스에게 항의하여 하데스가 딸을 돌려보내 주도록 요구한다. 제우스의 명을 받은 헤르메스가 하데스를 찾아가 페르세포네를 돌려달라고 요구하자 하데스는 페르세포네를 지상에 올려 보내기 전에 3알의 석류(석류는 불사(不死), 하나 속의 여럿, 여러 해에 걸친 풍요, 다산(多産), 풍부를 상징한다)를 주었다. 지상으로 올라온 페르세포네는 무심코 이것을 먹고 말았다. 저승의 음식을 먹으면 법도에 의해 다시 지하로 돌아가야 했기 때문에 결국 지상으로 완전히 돌아가지 못하고 한 해의 겨울 3개월은 하데스의 아내로서 명계에서 지내고, 나머지 2/3는 지상에서 어머니 데메테르와 지내게 되었다.(다른 설에 따르면, 각각 6개월씩이라고도 한다.)

이와 달리 사실 페르세포네가 지하에 있는 시기는 여름이라는 설이 그리스에서는 더 설득력 있다. 그리스에서 밀은 가을에 파종해서 이듬해 초여름에 수확하기 때문이다. 이후 한 여름은 뙤약볕이 작열하는 불모의 계절이다. 페르세포네는 밀의 씨앗을 상징하기 때문에 페르세포네가 지상에 없는 시기는 바로 여름이라는 것이다. 이 여름 동안에는 하데스의 땅속에 씨앗으로 있다가 가을이 되면 싹이 피어 지상으로 나오는 것이 어머니 데메테르에게 돌아오는 모습이며, 여름에 다시 씨앗을 만들어 사라지는 것을 하데스에게 돌아가는 것으로 묘사한 것이다.

이 신화는 북, 서유럽 등 겨울에 농사를 짓지 못하는 지방으로 점점 올라가면서 페르세포네는 겨울에 지하로 내려간다는 이야기로 바꾸어진 것 같다. 아무튼 페르세포네 신화는 농경에 가장 중요한 요소인 계절의 순환, 식물의 생장과 수확에 관련된 것이다.

그런데 지하세계로 납치된 페르세포네는 의외로 당당한 모습으로 비쳐진다. 영웅들이 지하세계를 방문할 때면 그녀는 옥좌에 앉아 왕비 노릇을 톡톡히 했다. 오르페우스가 내려왔을 때도 페르세포네가 먼저 하데스에게 에우리디케를 돌려보내주자고 하자 하데스가 기꺼이 보내준 것을 보면 페르세포네가 상당한 힘을 발휘한 것으로 보인다.

***

시인들은 플루토가 신들 사이에 제국을 나눠 갖는 주목할 만한 과정에서 명계(冥界)를 자기 몫으로 받았기 때문에(제우스는 하늘을, 포세이돈은 바다를 가졌으며, 땅은 공동 관리했다.) 여신들 가운데 한 사람의 환심을 사서 결혼할 희망을 접고 결국 강제로 겁탈하기로 결심할 수밖에 없었다고 전한다. 기회를 엿보던 플루토는 케레스(Ceres, 그리스 신화의 데메테르)의 딸로 미모가 뛰어났던 프로세르피나가 시칠리아 초원에서 수선화를 꺾고 있는 것을 보고 그녀를 납치했다. 플루토는 서둘러 그녀를 마차에 태운 뒤 지하세계로 데려왔다. 그곳에서 그녀는 '저승의 여인'(Lady of Dis)으로 불리며 극진한 대접을 받았다.

하지만 너무도 사랑했던 외동딸 프로세르피나를 애타게 찾는 가운데 케레스의 근심과 걱정은 날로 커져만 갔다. 케레스는 횃불을 들고 딸을 찾아 온 세상을 헤매고 다녔지만 허사였다. 딸이 명계로 납치당했을지 모른다는 생각이 든 케레스는 유피테르에게 딸을 되찾아달라고 한탄과 눈물로 호소하며 집요하게 매달렸다. 온갖 소동 끝에 만일 프로세르피나가 명계에서 아무것도 먹지 않았다면 그녀를 되찾아 데려오도록 하겠다는 허락이 떨어졌다. 하지만 이는 어머니 케레스로서는 받아들이기 어려운 조건임이 밝혀졌다. 프로세르피나가 이미 석류 씨 세 알을 먹은 후였기 때문이다. 케레스는 고집을 꺾지 않고 또 다시 애원과 한탄으로 유피테르를 괴롭혔다. 결국 유피테르는 한 해를 둘로 나눠 프로세르피나가 6개월은 남편과 나머지 6개월은 어머니와 사는 선에서 케레스를 달랠 수 있었다.

  이후 테세우스와 페이리토오스(Peirithous 또는 Pirithous, 그리스 신화에서 테살리아 라피타이 족의 왕이자 테세우스와는 둘도 없는 친구로 '걸어서 다니는 자'라는 뜻이다)가 배짱도 두둑하게 플루토의 침대에서 프로세르피나를 강제로 빼앗아 오려고 했는데 여행에 지친 나머지 잠시 쉬려고 지하세계에 있는 어떤 바위에 앉았다가 다시는 일어서지 못하고 그곳에 영원히 주저앉고 말았

다. (헤라클레스가 지하세계를 찾아왔을 때 테세우스를 구해서 돌아오게 되지만 페이리토오스는 하데스의 아내를 탐한 죄 때문에 영원히 지하세계에 남아 있게 되었다.)따라서 프로세르피나는 여전히 지하세계의 여왕 자리에 앉아 있었다.

테세우스와 페이리토오스

  그런데 여왕에게 경의를 표하는 의미에서 엄청난 특혜 하나가 새롭게 생겼다. 일단 지하세계에 내려온 자는 그 누구도 지상의 세계로 되돌아갈 수 없었는데 특별한 예외 조항이 생긴 것이다. 이 조항으로 인해 프로세르피나에게 황금 가지를 선물로 바치는 자는 지

상으로 되돌아갈 수 있게 되었다. 황금 가지는 어느 광활하고 어두운 숲에서 단 하나가 자라고 있었는데 겨우살이처럼 다른 나무에 기생하는 가지였다. 그런데 자라고 있는 가지를 꺾으면 언제나 그 자리에 새 가지가 불쑥 솟아났다.

이 신화는 자연철학과 관련된 듯하다. 지하세계의 온갖 사체들에 담긴 풍부하고 유익한 미덕을 깊이 성찰하고 있어서다. 지하세계의 사체들은 지상의 만물을 생성시키는 근원이고 또 그렇게 생성된 만물은 다시 땅속 세계로 돌아간다. 고대인들에게 프로세르피나는 신화에서 지하세계(플루토)에 갇힌 천상의 영혼을 상징한다 (한 시인은 그 영혼이 외계 행성에서 떨어져 나온 것이라고 표현하고 있다).[34] 영혼이란 날아 흩어질 시간과 기회만 있으면 어떤 방법을 동원해도 유폐될 수 없는 존재이다. 따라서 마치 공기와 물을 혼합하려 할 때 재빠르게 물을 휘저어 공기가 물에 섞여 들어가면서 거품이 일고 그 거품 속에서 공기와 물이 하나가 되는 것처럼 혼합과 분쇄가 순식간에 이루어져야 붙잡을 수 있는 것이기 때문에 땅이 이 영혼을 순식간에 겁탈해 납치했다고 보는 것이다.

또 신화에는 프로세르피나가 수선화를 꺾고 있는 동안 납치된 것으로 나오는데 수선화란 명칭은 도취나 마비에서 비롯된 것이다. 말하자면 우리가 말하는 영혼은 그것이 응고되기 시작할 때 즉 점차 활력을 잃어갈 때 지상의 물질에 의해 포집되기 가장 적절한 상태가 된다.

스스로 자기 남편의 여인 혹은 정부(情婦)일 수 있는 영예는 다른 어떤 신들의 아내가 아닌 프로세르피나에게 딱 들어맞는 영예이다. 지하세계에서 이루어지는 이 영혼의 모든 활동은 플루토, 즉 대지가 명해 있을 때, 말하자면 그 활동에 대해 무지할 때 이루어지기 때문이다.

케레스가 상징하는 천체의 정기(精氣)는 이 영혼을 지하세계에서 강제로 끌어내 원상태로 회복시키고자 부단히 노력한다. 여기에서 케레스의 손에 들린 횃불은 의심할 여지없이 지구 전체에 빛을 비추는 태양을 의미한다. 프로세르피나를 복귀시키는, 혹은 지하세계의 영혼을 복원하는 데 가장 큰 기여를 하는 것은 역시 태양이다. 하지만 유피테르와 케레스 사이에 타협이 이루어지면서 내걸린 조건에 그 방식이 훌륭하게 묘사되어 있음에도 불구하고 프로세르피나는 여전히 지하에 머물러 있다.

먼저 흙과 같은 고형의 물질에 영혼을 가둬놓는 데는 두 가지 길이 있음에 분명하다. 하나는 단순한 폭행이나 감금 같은 압축 혹은 차단이고 다른 하나는 자발적이고 자유로운 방식으로, 적절한 자양분을 공급해주는 것이다. 유폐된 영혼 스스로 자랄 기반이 갖춰지면 영혼은 빠져나가려 서두르지 않고 흙 속에 그냥 갇혀 있고자 한다. 바로 이것이 프로세르피나가 석류를 먹은 사연에 담긴 교훈이다. 만일 그렇지 않았다면 프로세르피나는 횃불을 들고 그녀를 찾아 온 세상을 헤매던 케레스에 의해 이미 오래 전에 구출되어 대지는 영혼이 없는 상태로 남겨졌을 것이다. 금속이나 광물 속 영혼은 굳이 말하자면 단단한 고체 덩어리 안에 갇힐지 모르지만 동식물의 영혼은 빠져나갈 열린 통로들을 갖고 있다. 따라서 그 통로를 홀짝홀짝 마시거나 맛봄으로써 자진해서 거기에 갇히지 않는 한 언제든지 밖으로 빠져나갈 수 있다.

유피테르와 케레스가 합의한 두 번째 조건은 프로세르피나가 여섯 달은 어머니와 나머지 여섯 달은 남편과 지내는 것이었다. 신화는 이 조건을 통해 한 해를 명쾌하게 구분한다. 대지에 퍼뜨려진 영혼은 여름철에 지상의 식물계에서 살다가 겨울이 오면 다시 흙으로 돌아간다.

이번에는 테세우스와 페이리토오스가 프로세르피나를 데려 오려고 시도한 대목을 살펴보자. 여러 물체에 나뉘어 지하세계로 내려온 탓에 그 정체가 아리송한 영혼들은 지하세계의 영혼을 빨아들여 자기들과 한 몸이 되게 한 뒤 납치해오기는커녕 오히려 그 영혼에 붙잡혀 굳어버림으로써 더 이상 일어설 수 없는 처지에 놓일 가능성이 크다. 이들은 지하세계의 개체수를 늘려 프로세르피나의 지배권을 강화하려는 목적에 활용된다.[35]

연금술사들은 스스로 황금 산을 약속하고 돌멩이로부터, 즉 플루토의 관문을 통과해 자연 속 사물들을 복원하겠다고 약속했기 때문에 황금가지에 대한 우리의 해석과 쉽사리 어울릴 수 있다. 하지만 우리는 그들의 이론이 올바른 기초 위에 서 있지 않다고 자신하며 그들이 자신의 타당성을 증명할 유망하고도 실천적인 증거를 갖고 있지 않을 것이라 생각한다. 따라서 우리는 연금술사들의 자기기만을 벗어던지고 이 신화의 마지막 부분에 대한 우리의 감상을 자유롭게 피력해보고자 한다.

　고대인들이 남긴 수많은 상징들과 표현들에 비추어볼 때, 그들은 자연 속 사물들을 보존하거나 어느 정도 되살리는 일이 난해하고 상궤에 벗어난 일이기는 하지만 전혀 무모하거나 불가능한 일만은 아니라고 판단했던 게 분명하다. 그들이 이 황금가지를 광활하고 울창한 숲 속 수없이 많은 관목들 가운데 놓았던 것이 바로 그 증거다. 고대인들은 가지 중에서도 황금가지를 생각해냈다. 황금이야말로 존속과 지속의 상징이기 때문이다. 또한 그들은 황금가지를 그 숲에서 자생한 것이 아니라 어딘가 외부에서 우발적으로 들어온 것처럼 꾸몄다. 그러한 결과에는 어떤 마법이나 단순한 자연적 힘이 개입된 것이 아니라 어떤 식으로든 기술이 개입되었을 가능성이 크기 때문이다.

XXX

메티스, 조언

왕과 그의 상담역에 관하여

메티스(Metis)는 그리스어로 '지혜로운 여자'라는 의미이기 때문에 '지혜'의 의인화된 여신이라 할 수 있다. 티탄족인 오케아노스와 테티스 사이에서 태어난 3,000명의 오케아니드들(오케아니스Oceanids, 오케아니데스Oceanides, 단수는 오케아니드Oceanid) 가운데 한 명, 즉 바다의 요정이다. 그녀는 제우스와 그 형제자매 세대 이전의 세대 여신이지만 제우스의 첫 번째 아내가 되었다. 헤시오도스의 『신통기』에 따르면, 메티스는 "신과 인간들 중에서 가장 지혜로운 자"였다고 한다.

제우스의 아버지 크로노스는 자신의 아버지 우라노스처럼 크로

노스 자신도 아
들에 의해 쫓겨
난다는 불길한
예언을 들었다.
그래서 크로노
스는 아내 레아
에게서 자식들
이 태어나자마
자 모조리 삼켜

프랑스 화가 르네 우아세(René-Antoine Houasse)의 『아테나의 탄생』(1688)

버렸다. 자식을
잃을 때마다 고통스러웠던 레아는 여섯 번째 아이를 출산할 때 아이
대신 돌덩이를 보자기에 싸서 남편에게 건넸다. 그리고 진짜 제우스
는 크레타 섬의 아말테이아(Amaltheia)라는 염소에게 맡겨졌고, 제우
스는 염소의 젖을 먹고 자랐다.

장성한 후 제우스는 크로노스를 폐위시키고 왕권을 차지하기 위해
전쟁을 벌였는데, 이때 메티스가 크로노스에게 구토를 일으키는 약
을 먹여 그동안 삼켰던 제우스의 형제자매를 토해내게 했다고 한다.

한편, 헤시오도스의 『신통기』에 따르면, 제우스는 자신의 형제를
구해준 메티스를 첫 번째 아내로 삼았다. 그런데 메티스가 낳을 자

식이 제우스의 왕권에 도전할 것이라는 예언을 들었다. 후환이 두려웠던 제우스는 메티스를 자신의 뱃속에 집어넣었다. 하지만 메티스는 이미 아테나(로마 신화의 미네르바)를 임신하고 있는 상태여서 아테나는 제우스의 뱃속에서 태어나 자라났고, 훗날 제우스가 편두통으로 괴로워할 때 헤파이스토스(또는 프로메테우스)가 제우스의 이마를 도끼로 찍자, 아테나가 이미 장성하여 무장한 채로 튀어나왔다.

***

고대의 시인들은 유피테르가 그 이름만 들어도 무언가 조언해주는 사람임을 금방 알 수 있는 메티스를 아내로 맞이했다고 전한다. 메티스가 자신의 아이를 임신했음을 알게 된 유피테르는 그녀가 출산할 때까지 기다릴 생각이 전혀 없었다. 그래서 곧바로 메티스를 삼켜버렸다. 이제 자기 뱃속에 아이를 갖게 된 유피테르는 놀라운 방식으로 출산을 한다. 그의 머리, 즉 뇌에서 무장한 팔라스를 낳은 것이다.

말 그대로 참으로 터무니없어 보이는 이 신화는 일종의 국가 기밀을 담고 있는 듯하다. 왕들이 자신의 권위와 위엄을 침범할 수 없도록 보호하고 나아가 백성들 사이에 그 권위와 위엄을 과시하고 드높이기 위해 통상 자신의 상담역들에게 어떤 술책을 동원해 처신하는지, 신화는 보여준다. 왕들은 흔히 자신의 상담역들을 마치 배우자나 되는 양 대하며 신중하고 바람직한 관례에 따라 중대한 국사를 놓고 논의하고 대화한다. 그리고 이런 행위가 자기의 위신을 깎아내리지 않는다고 생각한다.

하지만 그 문제가 일종의 출산 행위라 할 어떤 칙령이나 명령을 통해 일단락되면 왕은 상담역들에게 더 이상 이 문제에 개입하지 않아도 된다며 선을 긋는다. 칙령이 국정을 소일거리 삼아 논하는 그들의 손에 달려 있는 듯한 인상을 주어서는 안 되기 때문이다. 이제 왕은, 백성들의 심기를 건드릴 만한 어떤 문제에 대해 스스로도 자기 책임임을 인정할 수밖에 없는 경우가 아니라면 상담역의 자궁에서 자라 다듬어지고 형성된 칙령과 집행 등 모든 것을 자기 공인 양 독차지한다.[36] 칙령 혹은 그 칙령의 집행이 반드시 필요한 것인 양 신중하고도 힘 있게 진행되는 가운데 무장한 팔라스의 풍모가 그 칙령을 우아하게 포장한다.

왕들은 이것이 자신의 권위와 자유 의지와 그 누구도 통제할 수 없는 선택의 결과처럼 보이는 데 만족하지 않는다. 그들은 한걸음 더 나아가 모든 영예를 자기 것으로 취하고, 모든 선하고 유익한 칙령들이 전적으로 그들 자신의 머리, 즉 오로지 그들 자신만이 갖고 있는 분별력과 판단력으로부터 나온 것이라고 사람들이 생각해주길 바란다.

XXXI

‿‿‿❦‿‿‿

세이렌, 쾌락
쾌락을 향한 인간의 욕정에 관하여

　　로마의 시인들은 말하기를, 시렌(라틴어 Siren, 복수는 sirens, 그리스어 세이렌Seiren 복수는 Seirenes, 영어로는 사이렌 Siren)들은 이탈리아 반도 서부 해안의 절벽과 바위로 둘러싸인 시레눔 스코풀리(Sirenum Scopuli)라는 섬에 사는 바다의 님프들이라고 한다. 소포클레스의 단편에서는 '바다의 괴물' 포르키스(Phorcys)가 그녀들의 아버지로 묘사되어 있다. 하지만 일반적으로 그녀들은 강의 신 아켈레오스가 뮤즈(Muse, 무사Musa)인 테르프시코라(Terpsichore), 멜포메네(Melpomene), 칼리오페(Calliope) 혹은 스테로페(Sterope)에게서 낳은 딸들로, 모두 3명(피시노에Pisinoe·아글라오페Aglaope · 텔크시에피아Thelxiepia 혹은 파르테노페Parthenope · 레우코시아Leucosia · 리게이아Ligeia) 혹은 4명(텔레스Teles · 라이드네Raidne · 몰페Molpe · 텔크시오페Thelxiope)이라고도 한다.

    그녀들은 원래 상반신은 여자, 하반신은 새의 모습을 하고 있으며, 미술작품에서 그려진 모습은 하르피와 구별되지 않는다. 그 모델은 물가에 사는 새들로 추정되지만, 나중에는 인어의 모습을 띤 것으로 바뀌었다.

B.C. 5세기경 그리스 도자기에 새겨진 새 모양의 사이렌과
'스타벅스'의 로고에 나오는 인어 모양의 사이렌

    그녀들은 섬에 배들이 가까이 다가오면 아름다운 노랫소리로 뱃사람들을 유혹하여 바다에 뛰어드는 충동을 일으켜 익사하게 만드는 힘을 지녔다. 그래서 시렌은 여성의 유혹 내지는 속임수를 상징한다.

영국 빅토리아 시대의 화가 허배트 J. 드래퍼(Herbert James Draper)의 『율리시즈와 사이렌』(1909).
인어 모습의 사이렌이 오디세우스 일행을 유혹하고 있다.

    특히 선박들이 난파당하기 쉬운 암초와 여울목이 많은 곳에서
사는 시렌들은 목적을 이루지 못한 때가 두 번 있었다. 귀향길에 오
른 오디세우스(영어로 율리시즈)를 맞이했을 때였다. 그는 마녀 키르
케의 조언을 받아들여 밀랍으로 선원들의 귀를 막고 시렌의 유혹
을 이겨내기 위해 부하들에게 자신의 몸을 돛대에 묶게 한 뒤(siren
은 그리스어로 '묶다'라는 뜻이다) 절대로 풀지 말라고 명했다. 시렌의
매혹적인 노랫소리가 들려오자 오디세우스는 결박을 풀려고 몸부
림쳤다. 하지만 귀를 막은 부하들은 명령에 따라 오히려 그를 더욱
단단히 묶었다. 결국 세이렌의 유혹으로부터 벗어나 배는 무사히

그 섬을 지나갈 수 있었다. 이에 모욕감을 느낀 시렌들은 모두 자살했다고 한다.

또 하나는 뛰어난 음악가이자 시인인 오르페우스의 경우였다. 그가 황금 양털을 찾기 위해 아르고 호를 타고 항해하던 도중에 시렌의 노래를 듣게 되었는데, 오르페우스가 시렌보다 더 아름다운 노래를 불러 맞대응하자 이에 모욕감을 느낀 세이렌이 바다에 몸을 던져 바위가 되어버렸다고 한다. 또 다른 설에 따르면, 시렌들은 자신들이 졌다는 생각에 한동안 노래를 부르지 않았다고 한다.

'경보'(警報)를 뜻하는 사이렌(siren)은 바로 여기에서 비롯된 말로, 1819년 프랑스의 C. C. 투르(Charles Cagniard de la Tour, 1777-1859)라는 기술자가 자신이 발명한 음향장치에 붙인 이름이었다.

***

세이렌의 신화는 속된 의미로 쾌락에의 치명적 유혹이란 한마디로 충분히 설명될 수 있다. 하지만 이 고대 신화는 아무래도 제대로 압착되지 못한 포도송이처럼 보인다. 거기에서 무언가 끌어내긴 했지만 정작 알짜배기는 건드려지지 않은 채 포도 알맹이 안에 그대로 남아 있기 때문이다.

세이렌은 아켈로오스(Achelous, 오케아노스와 테티스 사이에서 태어난 3,000명의 아들 중 장남으로 그리스 중부를 흐르는 아켈로오스 강의 신이며 헤라클레스와의 싸움으로 유명하다. 그의 이름은 물과 동의어로 사용되기도 했다)와, 뮤즈들 중 하나인 테르프시코레(Terpsichore, 합창과 춤을 관장하는 여신으로 그리스어로 '춤추는 즐거움'이란 의미이다) 사이에서 태어난 딸들로 알려져 있다. 애초에 그들에게는 날개가 달려 있었지만 뮤즈들과 무모하게 겨루다가 패해 날개를 잃었다. 뮤즈들은 세이렌의 날개에서 뽑은 깃털로 왕관을 만들어 썼는데 이 때 이후로 세이렌의 어머니를 제외한 나머지 뮤즈들의 머리에 날개가 달리게 되었다.

이들 세이렌은 어느 고즈넉한 섬들에 모여 살았는데 망루에서 바다를 지켜보다가 섬으로 접근하는 배가 보이면 노랫소리로 선원들을 유혹해 해안으로 끌어들인 뒤 살해했다.

세이렌들의 노래는 한 가지로 정해져 있지 않았다. 그녀들은 유혹해 붙잡을 상대의 성격에 정확히 맞춰 음조를 변화시켰다. 세이렌들이 얼마나 많은 사람들을 붙잡아 죽였던지 세이렌의 섬들은 죽여 아무렇게나 버려진 사람들의 유골로 아주 멀리서도 하얗게 보였다.

세이렌의 이런 만행을 피하기 위해 율리시스(Ulysses, 그리스 신화에 나오는 영웅으로, 트로이 전쟁에서 목마를 고안해 그리스 군의 승리를 이끈 인물이다. 오디세우스의 라틴명)와 오르페우스가 각기 다른 처방을 내놓았다. 율리시스는 같은 배를 탄 선원들에게 밀랍으로 귀를 막고 자신을 배의 돛대에 단단히 묶도록 명령했다. 그리고 율리시스가 아무리 애원해도 절대 그 밧줄을 풀지 말라고 엄히 당부했다. 반면에 오르페우스는 자신을 결박하도록 하는 따위의 짓을 하지 않고도 위험에서 벗어났다. 그는 하프를 연주하며 신에 대한 찬송의 노래를 큰소리로 불러 세이렌의 목소리를 집어삼켜버렸다.

이 신화는 마치 도덕 교과서처럼 명쾌해서 굳이 해석할 필요조차 없을 정도이다. 쾌락은 부와 풍요로부터 나오며 거기에는 인간 정신의 활력과 광희가 수반된다.[37] 고대에 쾌락은 그 유혹에 거침이 없어서 마치 날개가 달린 듯 사람들을 순식간에 휘어잡았다. 이후 지식과 철학이 세상에 널리 퍼지면서 그것들이 인간 정신에 자제력을 심어주었다. 이제 사람들은 쾌락에 몸을 맡겼을 때 그 결말이 어떠할지를 생각하게 되었고 결국 지식과 철학은 쾌락에게서 날개를 박탈해갔다.

이렇듯 쾌락을 정복함으로써 뮤즈들의 명예와 광채는 더욱 돋보이게 되었다. 일부 철학이 쾌락을 경멸하는 태도를 보이면서 그러한 철학, 그간 어떤 의미에서 지상에 붙박여 있던 인간 정신을 고양시키는, 따라서 인간의 머리에 살고 있는 사상에 날개를 달아주

가이우스 페트로니우스(Gaius Petronius, 27~66)와 『사티리콘Satyricon』

는 숭고한 것으로 즉각 받아들여졌다.

유일하게 머리에 깃털 장식을 하지 않은 세이렌의 어머니 테르프 시코레는 의심할 여지없이 가볍게 즐기기 위해 창안되고 또 그렇게 활용되는 경박한 지식을 상징한다.

그 탁월한 사례가 페트로니우스(고대 로마의 문인으로, 집정관을 지내며 황제 네로의 총애를 받아 '우아(優雅)'의 심판관'으로 불렸다. 대 표작으로는 문학사상 악한소설(惡漢小說)의 원형으로 꼽히는 『사티리콘 Satyricon』과 약간의 서정시가 남아 있다)이다. 그는 사형을 선고받고도 실없는 우스갯소리를 계속했고, 타키투스가 주목했듯이 자신의 지식을 자기 위안과 기분전환에 활용했으며, 확고부동하고 일관성 있는 정신을 일깨우는 담론 대신에 문란한 시나 읊조리기에 바빴다.[38] 자신의 지식을 이런 식으로 활용하는 것은 뮤즈들의 머리에서 깃털 왕관을 뽑아 세이렌에게 다시금 날개를 달아주는 꼴이다.

세이렌에게 당하지 않으려는 해법들이 의미하는 바는 난해하지 않을 뿐 아니라 매우 현명하고 숭고하다. 그 비유는 격렬한 폭력행위뿐 아니라 은근하고 종잡을 수 없는 위해행위에 대해서도 해법을 보여줌으로써 결과적으로 세 가지 처방을 제시하고 있는데 그중 둘은 철학으로부터, 나머지 하나는 종교로부터 나온 것이다.

첫 번째 탈출 수단은 유혹이 시작되자마자 처음부터 거기에 저항해서, 정신을 산란하게 하는 모든 원인을 부지런히 피하고 잘라내는 것이다. 이 해법은 귀를 아예 틀어막는 행위를 통해 잘 표현되고 있는데 율리시스의 부하들처럼 저급하고 속된 정신의 소유자들에게 불가피하게 사용되는 처방이라 할 수 있다.

하지만 보다 고결한 영혼들은, 만약 그 정신이 일관성과 결단력으로 보호되고 있다면 쾌락의 한가운데서도 귀를 열고 대화를 나눌 수 있다. 사람에 따라서는 쾌락들을 쫓거나 거기에 굴복하지 않고 자신의 덕성을 혹독한 시험대에 올리는 일을 즐기는 경우도 있으며 그 시험대를 쾌락의 어리석음과 거기에 담긴 광기를 뼈저리게 느낄 기회로 활용하기도 한다. 솔로몬이 한동안 마음껏 누렸던 수많은 쾌락들과 완전히 절연하면서 "하지만 지혜는 여전히 나와 함께 한다"고 스스로 공언했던 것이 바로 이 경우에 해당한다. 따라서 그렇듯 고결한 영웅들은, 만일 율리시스의 사례에서 보듯이 치명적인 조언, 정신을 산란하게 하는 데 가장 큰 힘을 발휘하는 주변의 달콤한 속삭임에 귀를 기울이지 않는다면 엄청난 쾌락의 유혹 앞에서도 평정심을 잃지 않고 벼랑 아래로 추락하기 직전에 멈춰 설 수 있을지 모른다.

하지만 모든 유혹 앞에서 가장 훌륭한 처방은 오르페우스가 제시한 해법이다. 그는 세이렌의 유혹 앞에 신들을 찬송하는 노래를 크게 불러 울려 퍼지게 함으로써 서로의 노래가 어지럽게 뒤섞인 가운데 세이렌의 노래를 듣지 않을 수 있었다. 결국 신의 계획은 그 힘에서나 감미로움에서나 감각의 쾌락을 능가한다.

01 바로(Marcus Terentius Varro, B.C. 116-27, 로
마의 시인이자 학자. 키케로의 친구이기도 하
다.)는 인간이 살아온 시대를 세 시기, 즉
미지의 시대, 신화의 시대, 역사의 시대로
구분했다.

첫 번째 시대와 관련해서 우리는 성서에 나
오는 내용 말고는 아무런 기록도 갖고 있지
않다. 두 번째 시대를 알기 위해서는 헤시
오도스(Hesiodos, 기원 전 8세기경의 그리스

헤시오도스의 모자이크(3세기 후반)

시인. 대표작으로 『일과 날』(Ergakai Hemerai)
및 『신통기』(神統記, Theogonia)가 있다.)나 호
메로스 혹은 그들 이전에 활동한 고대 시인들의 도움을 받아야 한다. 그리고
그들보다 한참 뒤에 활동한 오비디우스(Ovidius, 고대 로마의 시인. 대표작으로는
서사시 형식으로 신화를 집대성한 『변신이야기』(Metamorphoses)가 있다. 그의 작품은
세련된 감각과 풍부한 수사(修辭)로 르네상스 시대에 널리 읽혔고, 후대에도 많은 영향을
끼쳤다.)가 있다. 그는 『변신이야기』에서 고대 그리스의 어느 시인을 모방한 듯
신화의 시대를 변화와 변혁과 변신을 중심으로 하나의 연속된 또 연관된 역사
로 집대성하고자 했다.

02 이들 신화 대부분은 오비디우스의 『변신이야기』와 『연표』(Fasti)에 담겨 있으며,
『본의 고전 총서』(Bohn's Classical Library) 번역본에 충분히 설명되어 있다.

03 호메로스의 「판의 찬가」.

04 키케로의 『아티쿠스에게 보내는 편지』(Epistle to Atticus), 5.

05 오비디우스의 『변신이야기』, b. ⅱ.

06 베르길리우스가 아래와 같이 노래했던 것처럼 이것은 사물의 혼란스런 뒤섞임
    과 관련이 있다.

"Namque canebat uti magnum per inane coacta
Semina terrarumque animæque marisque fuissent;
Et liquidi simul ignis; ut his exordia primis
Omnia, et ipse tener mundi concreverit orbis."
한동안 그는 노래를 불렀다네. 삼라만상의 씨앗들이
어찌 텅 빈 허공에서 한데 모일 수 있었는지를,
그리고 땅과 대기와 바다와 불 속에서 자라나
어찌 둥근 새 세상을 만들어낼 수 있었는지를.
—베르길리우스, 『에클로가에』(Eclogae, 田園詩). ⅵ. 31.

07 이것은 언제나 시각적 사실로 가정된다. 즉 광학상의 수학적 증명은 항상 이러
    한 현상을 가정하는 가운데 진행된다.

08 "Torva leæna lupum sequitur, lupus ipse capellam:
Florentem cytisum sequitur lasciva capella."
포악한 암사자는 늑대를 쫓고, 그 늑대는 암염소를 쫓고,
그 짓궂은 암염소는 꽃핀 시티수스를 쫓아간다.
—베르길리우스, 『에클로가에』. ⅱ. 63.

09 오비디우스, 『사랑의 치유법』(Remedia Amoris), ⅴ. 343.

10 『시편』, 19장 1절.

11 시링크스는 갈대, 즉 고대의 펜을 의미한다.

12 오비디우스, 『변신이야기』, b. ⅳ.

13 따라서 전투의 형세가 어떻게 변할지 미리 파악하고, 승리를 위해 전방을 바라
    봄과 동시에 퇴각할 수밖에 없는 상황을 예상하면서 후방도 신중하게 살펴보
    는 것은 뛰어난 전략가가 갖추어야 할 미덕이다.

14 아테네 농부들이 아리스티데스(Aristides, 아테네의 정치가이자 장군으로 마라톤 전투에서 페르시아 군을 격퇴했으며 크세르크세스 1세가 침입했을 때 살라미스해전에서 테미스토클레스를 도와 참전했고 플라타이아이 전투 당시에는 아테네 총사령관으로 활약했다)가 '공정한 사람'으로 불렸기 때문에 패각투표에서 그의 추방을 지지했다는 사실을 기억할 필요가 있다. 셰익스피어도 같은 생각을 다음과 같이 강한 어조로 읊는다.

내 곁에는 피둥피둥 살찐 자들만 있으면 좋겠네
머리가 반지르르한, 한밤의 잠과 같은 자들.
저기 저편에 카시우스*가 바짝 야윈 얼굴에 배고픈 표정을 짓고 있네
저치처럼 생각이 너무 많은 자는 위험해.

만일 베이컨이 '공감과 반감'에 관해 계획했던 저작물을 완성했더라면, 지적 우월성에 대한 무지가 불러일으키는 끝없는 증오심, 때로는 고통스러운 열등감에서 비롯되고 때로는 속세의 상처가 두려워 품게 되는 그 증오심 역시 그의 주목을 벗어나지 못했을 것이다.

15 따라서 오르페우스는 지식을, 에우리디케는 사물, 즉 지식의 대상을 상징하고 바쿠스와 트라키아 여인들은 인간들의 통제받지 않은 열정과 욕망을 상징한다. 마찬가지로 모든 고대의 신화는 이렇듯 아이들도 쉽사리 받아들일 만큼 친숙한 용어로 설명될 수 있을지 모른다.

※가이우스 카시우스 롱기누스 (Gaius Cassius Longinus)는 고대 로마 공화정 말기의 정치가이자 장군으로 카이사르 암살의 주모자 중 한 사람이다.

16 "Quod procul a nobis flectat Fortuna gubernans;
Et ratio potius quam res persuadeat ipsa."
하지만 키잡이인 운수(運數)가 그 일이 우리에게서 멀리 돌아가게 하기를:
그리고 사태 자체보다는 오히려 이성이 모든 것을 무섭게 울려 퍼지게 하는 파열음에 제압당해 무너질 수 있음을 설득하기를.
—루크레티우스(Lucretius), 『사물의 본 성에 관하여』(De Rerum Natura), v. 108-109.)

17 프로테우스는 시원(始原), 가장 오래된 것, 최초의 것을 정확히 상징한다.

18 베이컨은 이러한 고대 신화들에 자기 나름의 해석을 붙이면서 자유롭고 명쾌한 자세를 취하고 있지만 실상 그는 이 글 이외에는 그 어디에서고 그런 자세를 취한 적이 없다. 따라서 독자들은 그의 나머지 저작물들을 이해하고자 할 때처럼 이들 신화를 읽을 때도 좀 더 많은 공력을 들일 필요가 있다.

19 네메시스는 저자 플리니우스도 자신의 제단으로 불러들였다.

20 "————— cadit Ripheus, justissimus unus,
Qui fuit ex Teucris, et servantissimus æqui:
Diis aliter visum."
리페우스도 쓰러졌다.
그는 모든 트로이인들 중에서도 지극히 올곧고 몹시도 정의감이 강했다:
그러나 신의 뜻은 달랐다.
—『아이네이스』(Aeneis), 제 ii 권.

21 Te autem mi Brute sicut debeo, amo, quod istud quicquid est nugarum me scire voluisti.

22 "Regina in mediis patrio vocat agmina sistro;
Necdum etiam geminos a tergo respicit angues."
그 한복판에서 여왕은 딸랑이로 자신의 부대들을 부르고 있으나,
아직 등 뒤에 있는 뱀 두 마리를 보지 못했던 것이다.
—『아이네이스』, viii. 696.

23 오비디우스, 『변신이야기』, b. iii, iv, vi. 그리고 『연표』, iii. 767.

24 "Declinat cursus, aurumque volubile tollit."
그녀는 달리기를 멈추고 구르는 황금을 거머쥐었다.

25 베이컨은 자신의 모든 자연과학 저작물들에서 기술이 자연에 대해 승리를 거두는 일이 실현 가능하다는 점을 전제로 깔고 있다. 즉 인간은 자신의 힘과 근면성을 바탕으로 유한한 자신의 운명이 허용하는 한에서 적절한 지식을 활용해 삶을 행복하고 편리하게 만들 무언가를 마련할 수 있다고 본다. 예를 들어 인간은 자신의 수명을 늘릴 수도 있고 바람을 자기 마음대로 활용할 수도 있고 모든 방면에서 자연의 작품들에 대한 인간의 지배, 혹은 인간의 왕국을 확대하고 확장할 수 있다는 것이다.

26 "모든 선물"

27 즉, 판도라가 가져온 선물.

28 "Felix qui potuit rerum cognoscere causas,
Quique metus omnes et inexorabile fatum
Subjecit pedibus, strepitumque Acherontis avari."
행복한 사람은 숨겨져 있는 자연의 이치를 깨닫는 자이며,
자신의 발밑에 있는 두려움과 가혹한 죽음의 운명을 떨쳐버리는 자이다.
—베르길리우스, 『게오르기카』(Georgica, 농경시), ii. 490.

29 베이컨, 『학문의 진보』(De Augmentis Scientiarum), sec. xxviii. 그리고
supplem. xv.

30 플라톤의 글에는 시대를 관통하며 인간 삶의 연속성을 유지하기 위해 순식간
에 지나가는 매 시대의 관심사와 직무들을 손에서 손으로 영구히 옮기는 신속
한 세대 계승에 대한 비유가 나온다.
Γεννῶντες τε καὶ ἐκτρέφοντες παῖδας, κάθαπερ λαμπάδα τὸν βίον
παραδιδόντες ἄλλοις ἐξ ἄλλων.
—플라톤, 『레게스』(Leges, 법률). b. vi.

루크레티우스도 같은 비유를 했다.
"Et quasi cursores vitai lampada tradunt."
달음박질하는 자처럼 그들은 생명의 횃불을 전수하나니
—『사물의 본성에 관하여』

31 『에클로가에』, xii. 11.

32 이는 베이컨이 『노붐 오르가눔』(Novum Organum, 신기관)에서 끊임없이 강조해
온 내용이다. 즉 지식과 능력은 상관관계를 갖고 있다. 따라서 지식의 발전은
곧, 새로운 기술을 개발하고 산물을 생산함으로써 자연을 지배하는 능력을 발
전시키는 일에 다름 아니다.

33 "Tu regere imperio populos, Romane, memento: Hæ tibi erunt artes.
로마인들이여, 명심하라. 이것이 그대들의 예술이 될 것이다.
—『아이네이스』, vi. 851.

34 "Sive recens tellus, seductaque nuper ab alta
    Æthere, cognati retinebat semina cœli."
    갓 생긴 대지가 높은 곳에 있는 아이테르에서 최근에 떨어져 나와
    아직은 친족인 하늘의 씨앗을 간직하고 있다.
    ―『변신이야기』, i. 80.

35 많은 철학자들은 이러한 목적에 대해 나름의 성찰을 해왔다. 특히 아이작 뉴턴
    경은 대지가 그 생생한 정기를 혜성으로부터 받는 것이 아닌가 하고 생각했다.
    또한 철학적 사색을 즐긴 화학자나 점성술사들은 온갖 기이한 생각들을 해냈다.
    ―뉴턴, 『프린키피아』 (Principia), 제3권, p. 473 등.

36 이러한 술책은 루이 14세의 다음과 같은 행동에서 두드러지게 드러난다. 그는
    휘하 장군들에게 특별한 명령을 내린다. 자신이 몸소 전투를 지휘하면 한 번의
    기습공격에도 도시를 접수할 듯 보이는, 말하자면 승리가 눈앞에 있는 어느 포
    위공격에서 그 영광을 가로채기 위해 승리의 공이 자신에게 있음을 백성들에
    게 알리라고 명령했다.

37 아켈로오스 강은 '부'와 '풍요'의 상징이며, 키타라(cithara, 고대 그리스의 하프 비슷한
    악기)를 발명하고 춤을 즐겼던 뮤즈 테르프시코레는 '활력'과 '광희'를 상징한다.

제우스와 기억의 여신 므네모시네 사이에서 태어난 9명의 뮤즈들. 헤시오도스는 그녀들에
게 의미를 부여했는데, 클리오는 '선언자', 칼리오페는 '아름다운 목소리', 멜포메네는 '노
래', 에라토는 '사랑스러움', 에우테르페는 '기쁨', 우라니아는 '하늘', 탈레이아는 '풍요',
테르프시코레는 '춤의 기쁨', 폴림니아는 '합창'을 뜻한다.

38 "Vivamus, mea Lesbia, atque amemus;
    Rumoresque senum severiorum
    Omnes unius estimemus assis."
    나의 레스비아, 우리 함께 살아갑시다. 그리고 사랑합시다.
    근엄한 노인네들이 만든 모든 소문들은 동전 한 닢 만한 가치로 여깁시다.
    ─카툴루스, 『엘레게이아』(Elegeia). v.

    또 이런 시도 있다.

    "Jura senes norint, et quod sit fasque nefasque
    Inquirant tristes; legumque examina servent."
    노인들이나 법도를 알고, 무엇이 허용되고 옳고
    그른지를 묻고,
    법규나 따지며 지키라 하세요.
    ─『변신이야기』, ix. 550.

가이우스 발레리우스 카툴루스
(Gaius Valerius Catullus;
B.C. 84–54)

순서	그리스 신화이름	로마 신화이름	영어이름	비고(뜻)	관계
1	우라노스 Uranus	카일루스 Caelus		제 1세대 하늘의 신	가이아의 아들이자 남편
2	가이아 Gaia	텔루스 Tellus	테라 Terra	지모신(地母神) 카오스에서 탄생	우라노스의 어머니이자 아내
3	크로노스 Cronos	사투르누스 Saturnus	새턴 Saturn	천공의 신	레아의 남편
4	레아 Rhea	키벨레 Cybele	시빌레 Cybele	동물의 안주인	크로노스의 아내
5	제우스 Zeus	유피테르 Jupiter	주피터 Jupiter	하늘의 신	크로노스와 레아의 아들 헤라의 남편
6	헤라 Hera	유노 Juno	주노 Juno	가정의 여신	크로노스와 레아의 딸 제우스의 아내
7	포세이돈 Poseidon	넵투누스 Neptunus	넵튠 Neptune	바다의 신	크로노스와 레아의 아들
8	하데스 Hades	플루톤 Pluton	플루토 Pluto	저승의 신	크로노스와 레아의 아들 페르세포네의 남편
9	데메테르 Demeter	케레스 Ceres	세레스 Ceres	땅의 여신	크로노스와 레아의 딸 페르세포네의 어머니
10	헤스티아 Hestia	베스타 Vesta		불/화로의 여신	크로노스와 레아의 딸
11	헤르메스 Hermes	메르쿠리우스 Mercurius	머큐리 Mercury	전령의 신	제우스의 아들
12	헤파이스토스 Hephaestos	불카누스 Vulcanus	벌컨 Vulcan	불/대장간의 신	헤라의아들 아프로디테의 남편
13	아프로디테 Aphrodite	베누스 Venus	비너스 Venus	미의 여신	헤파이스토스의 아내 에로스의 어머니
14	아르테미스 Artemis	디아나 Diana	다이아나 Diana	달/사냥의 여신	제우스의 딸 아폴론과 쌍둥이로 누나
15	아폴론 Apollon	아폴로 Apollo 포에부스 Phoebus	아폴로 Apollo	태양/활의 신	제우스의 아들 아르테미스와 쌍둥이로 동생

16	아레스 Ares	마르스 Mars		전쟁의 신	제우스와 헤라의 아들
17	아테나 Athena	미네르바 Minerva		지혜/전쟁의 여신	제우스의 딸
18	디오니소스 Dionisos	바코스 Bacchos	바커스 Bacchus	술의 신	제우스의 아들
19	에로스 Eros	쿠피도 Cupido	큐피드 Cupid	사랑의 신	아프로디테의 아들 프수케의 남편
20	티케 Tyche	포르투나 Fortuna	포천 Fortune	행운의 여신	오케아노스와 테티스의 딸
21	페르세포네 Persephone	프로세르피네Proserpine	리베라 Libera	저승의 여신	제우스와 데메테르의 딸 하데스의 아내
22	프수케 psukhe	프시케 psyche	사이키 psyche	정신	에로스의 아내
23	헬리오스 Helios	솔 Sol,Sola		태양의 신	헬리오스의 여동생 에오스의 언니
24	셀레네 Selene	루나 Luna		달의 여신	헬리오스의 여동생
25	에오스 Eos	아우로라 Aurora	오로라 Aurora	새벽의 여신	히페리온과 테이아의 아들
26	레토 Leto	라토나 Latona		검은 옷의 처녀	제우스의 연인 아르테미스와 아폴론의 어머니